Uwe Goeritz

Auf der Suche
nach Mister Romeo

Bibliografische Information der Deutschen Nationalbibliothek:

Die Deutsche Nationalbibliothek verzeichnet diese Publikation in der Deutschen National-bibliografie; detaillierte bibliografische Daten sind im Internet über http://dnb.dnb.de abruf-bar.

© 2021 Uwe Goeritz

Coverbild: von Dimitris Vetsikas auf Pixabay

Covergestaltung: Uwe Goeritz

Herstellung und Verlag: BoD – Books on Demand, Norderstedt

ISBN: 978-3-7534-9226-1

Inhaltsverzeichnis

Anmerkungen und Warnungen

*D*iese Erzählung enthält detaillierte Schilderungen von Sex und sollte daher Jugendlichen nicht zugänglich gemacht werden.

Ausnahmslos alle Beteiligten dieser Geschichte sind erwachsen und über 21 Jahre alt.

Sämtliche Orte, Figuren, Firmen und Ereignisse dieser Erzählung sind frei erfunden. Jede Ähnlichkeit mit echten Personen, ob lebend oder tot, ist rein zufällig und vom Autor nicht beabsichtigt.

1. Kapitel
Augen, wie das Meer so blau

*D*er laue Wind vom See her wehte über ihre Haut und brachte etwas Abkühlung an diesem heißen Tag. Rund um sie herum war geschäftiges Treiben. Familien unterhielten sich laut, Mütter versuchten ihre Kinder wieder einzufangen und andere sprangen mit hoch spritzenden Wasserfontänen in den kleinen Badesee.

Gelegentlich glitzerte der Sonnenschein in den Wellen, aber für all das Schöne ringsum hatte Julia im Moment keinen Blick. Die küssenden Paare verstärkten nur noch ihren Kummer! Immer mehr Tränen stiegen in ihr hoch. Warum war sie hier so alleine?

Sie schob die Sonnenbrille nach oben, wischte sich mit einem Taschentuch die Tränen ab und fluchte still in sich hinein.

Julia hockte mit angezogenen Knien auf einer Decke im Freibad und um sich von ihrem Kummer abzulenken, sah sie den vielen Menschen zu, die um sie herum den warmen Sommertag am und im See genossen.

Aber der nicht verarbeitete Kummer schnürte ihr den Hals zu.

Ihre Freundin Karoline hatte gesagt: „Geh raus und habe Spaß!"

Nun war Julia hier, aber an Spaß war momentan nicht zu denken.

Scheinbar waren hier um sie herum nun nur Pärchen und alle mussten sich auch immer in dem Moment küssen, wenn sie gerade in ihre Richtung schaute.

Ärgerlich hieb Julia mit der Faust auf die Decke und zog den Sonnenhut tiefer ins Gesicht, wodurch die blonden, langen Haare hinten wieder herunterfielen, die sie gerade eben erst mühsam unter den Hut gestopft hatte.

Damit wehte der warme Sommerwind nun auch durch ihr Haar und ließ es im Sonnenlicht glänzen.

Julia musste an Kurt denken, ihren Ex-Freund. Erst vor ein paar Tagen war sie zu ihm gefahren, um ihn zum Geburtstag mit einem Geschenk zu überraschen. Sie hatte in einer anderen Stadt eine Weiterbildung gehabt und konnte diese zwei Tage eher beenden.

Als sie allerdings in der Wohnung angekommen war, hatte sie sehen müssen, wie ihre Freundin Beate ihm gerade auch ein „Geschenk" gebracht hatte.

Julia hatte die beiden erwischt, wie sie nackt im Bett lagen und gerade ziemlich heißen Sex hatten. Für einen Moment war sie sprachlos gewesen, dann hatte sie die beiden angeschrien.

Es war wohl mehr eine Überraschung für sie selbst gewesen. Wie lange mochte das mit den zwei Betrügern schon heimlich gegangen sein? Wie viele Wochen oder Monate hatten sie Julia belogen?

Kurt hatte, nackt vor ihr stehend, versucht sie zu beschwichtigen, während Beate sich eiligst die Decke über den Körper gezogen hatte. Doch was gab es da zu erklären? Die Situation war eindeutig!

Julia hatte sich umgedreht, war fortgelaufen und hatte die Tür hinter sich zugeknallt. Das war das Ende ihrer Beziehung zu diesem Heuchler gewesen.

Am folgenden Tag hatte sie ihre Sachen aus seinem Appartement geholt, als Kurt auf seiner Arbeit war. Den Schlüssel für diese Wohnung hatte sie danach einfach in den Briefkasten geworfen.

Zum Glück hatte sie noch nicht ihre eigene Wohnung aufgegeben, wie Kurt es immer wieder von ihr verlangt hatte.

Immer wieder machte sie sich Gedanken darüber, was sie wohl in der Beziehung falsch gemacht hatte. Hatte sie überhaupt etwas falsch gemacht? Oder war es nur Kurt gewesen, der in der Beziehung vielleicht nicht mehr glücklich gewesen war und sie hatte die Zeichen, die es sicher gegeben hatte, nur nicht richtig gedeutet?

Und nun saß sie hier in ihrem roten Bikini in der Sonne am Badesee.

Sollte sie in ihrem Lieblingsbuch „Romeo und Julia" lesen? Eine Liebesgeschichte?

War das in ihrer derzeitigen Stimmung wirklich gerade die richtige Lektüre für sie?

Na klar, am Ende waren alle tot! Aber sie lebte und musste mit ihrem Schmerz irgendwie zurechtkommen.

Julia stöhnte auf und schob das Buch zurück in ihre Strandtasche.

Sie rieb sich die heiße Haut mit Sonnencreme ein, ließ sich nach hinten fallen und der Sonnenhut glitt automatisch über ihr Gesicht.

Vielleicht sollte sie einfach etwas schlafen. Aber irgendwie gönnte ihr jemand die Ruhe nicht, denn nach ein paar Minuten traf sie ein Ball am Kopf und der Hut flog davon.

Ein paar Schritte entfernt blieb er im Gras liegen. Julia schreckte hoch, setzte sich auf und rieb sich die schmerzende Stelle.

Sie blickte sich um und sah vor sich eine junge Frau stehen, die ihr langes schwarzes Haar zu einem Pferdeschwanz zusammengebunden hatte.

Die Frau hob gerade den Ball auf und entschuldigte sich für den unbeabsichtigten Treffer.

„Hast du Lust mit uns zu spielen? Komm doch mit!", sagte sie und zeigte auf ein Volleyballfeld, wo ein paar junge Frauen und Männer auf sie und den Ball warteten.

„Warum nicht", sagte Julia und erhob sich von ihrer Decke. Der Sonnenhut fand zusammengelegt seinen Platz in der Tasche und auch die Brille passte noch hinein.

Das Ballspiel würde sie ganz sicher von diesen nutzlosen Gedanken ablenken.

Vor ein paar Jahren, in der Schule, war sie ganz gut in Volleyball gewesen und sie hoffte, dass sie in der Zwischenzeit nicht zu viel davon verlernt hatte.

Ein paar Minuten später spielten sie Fünf gegen fünf mit gemischten Mannschaften.

Alles lief perfekt und sie hatte gar keine Zeit zum Nachdenken. Das war genau, wie Julia es erhofft hatte.

Vielleicht sollte sie in einen Sportverein gehen? Dort würde sie wieder unter Menschen sein und hatte keine Zeit mehr dafür, an Kurt zu denken.

Als sie zu einem Ball hechtete, prallte sie mit einem Mitspieler zusammen. Kopf an Kopf lagen sie am Boden im Sand.

Julia rieb sich die Seite und er schüttelte den Kopf

„Ist dir was passiert?", fragte der Mann besorgt und Julia drehte sich, zu ihm um.

Gerade wollte sie anfangen zu schimpfen und ihm zu erklären, dass das hier ihre Seite war, da sah sie in seine Augen.

Julia war hin und weg!

Blaue Augen, von der Farbe wie das Wasser des Badesees. Sie versank darin und wenn sie nicht schon gelegen hätte, hätten jetzt sicher ihre Beine versagt.

Dieser Blick schmolz den Kummer in ihr zusammen.

„Nein danke. Alles ok", sagte sie und er half ihr auf die Beine.

Die Berührung seiner Hände jagte Schauer durch ihren Körper. Sie musste ihn einfach anschauen. Er machte sicher oft Sport. Eine ziemlich breite und kaum behaarte Brust, starke Oberarme und ein faszinierendes Lächeln waren das, was Kurt sofort aus ihrem Kopf verbannte.

Für den Rest des Spieles waren ihre Ballannahmen sehr unsicher, denn immer wieder schaute sie zur Seite, um den Mann im Blick zu behalten.

Ein paar Mal traf sie dabei sogar der Ball am Kopf und die anderen Mitspieler begannen über ihre Unsicherheiten zu murren.

Schließlich setzte sie sich in der Nähe auf ihre Decke und schaute den anderen einfach beim nächsten Spiel zu.

Und natürlich ihm!

Nach diesem Spiel setzte er sich mit zwei Eis neben sie und gab ihr eines davon ab.

Zwei Kugeln Vanille und eine Schokolade! Wie hatte er das gewusst, dass dies ihre beiden Lieblingssorten waren? Zufall?

„Als Entschuldigung und gegen den Schmerz", sagte er mit diesem Lächeln, das einfach umwerfend war.

Wäre es nicht schon vorher um sie geschehen gewesen, spätestens jetzt hätte es sie ganz erwischt.

Das Eis war einfach köstlich nach dem Sport und in der warmen Sonne.

Er zeigte auf das Buch in ihrer Tasche.

„Da habe ich in der Schule mal mitgespielt", sagte er.

„Es ist mein Lieblingsbuch. Die Heldin heißt wie ich", sagte Julia.

„Angenehm, Paul. Meine Julia war damals nicht so hübsch wie du", sagte er und übersah dabei sicherlich höflich, wie ihr durch das Kompliment das Blut in die Wangen stieg.

Julia zog das Buch heraus.

Es war schon recht zerlesen, doch sie mochte es.

Zusammen begannen sie über die Geschichte zu reden. Nun war sie vollkommen in seinem Bann. Ein Mann, der auch noch dieselben Interessen hatte wie sie, einfach unglaublich!

„Ich würde gern solch einen Mann wie diesen Romeo finden. Einen Prinzen oder einfach einen, der mich mit Haut und Haar liebt, so wie ich bin!", sagte sie zu ihm und strich sich wie zur Bestätigung durch die Haare.

Immer stärker wurde das warme Gefühl in Julias Bauch und sie rutschte näher an ihn heran, bis sich ihre Körper berührten.

Erneut traf sie ein Blitz und sie zuckte zusammen.

Den ganzen Tag hatten sie so gesessen und sich unterhalten. Gelegentlich hatte er ihr durch die Haare gestrichen, wenn diese durch den Wind nach vorn geweht worden waren.

Das warme Gefühl in Julias Bauch war die ganze Zeit geblieben und er hatte ihr sogar nochmals einen Eisbecher spendiert.

Irgendwann rief die Frau nach Paul, die Julia mit dem Ball getroffen hatte.

Er verabschiedete sich mit einem Kuss, ging, drehte sich noch einmal um, winkte ihr zu und war auch schon im Gewimmel des Bades verschwunden.

Julia hatte noch seinen Geschmack auf den Lippen und mit den Fingerspitzen fuhr sie sich darüber, um dieses Gefühl noch einmal auszukosten.

Die ganze Zeit mit Paul hatte ihr einfach gutgetan und an Kurt hatte sie nicht mehr denken müssen.

Nun packte sie ihre Sachen zusammen und ging auf den Parkplatz vor dem Bad.

Auch dabei flogen ihre Gedanken immer wieder zu Paul.

Julia stieg auf ihr Fahrrad, machte die Tasche auf dem Gepäckträger fest und fuhr beschwingt, lächelnd und fröhlich pfeifend nach Hause.

2. Kapitel
Eine irre Suche beginnt

*D*ie Bäume links und rechts von ihrem Weg flogen nur so dahin. Julia trat so schnell in die Pedale, dass der Wind in ihren Ohren ein Lied sang.

Die langen Haare hatte sie sich mit einem Gummiband zum Pferdeschwanz gemacht und der Sonnenhut steckte im Korb, sonst wäre er sicher schon lange davongeflogen. Der Pferdeschwanz schaukelte bei jeder Kopfbewegung wobei er im Fahrtwind hinter ihr her wehte.

Langsam schalteten sich die ersten Straßenlaternen ein und sie hatte das Gefühl, dass es immer genau hinter ihr passierte, als ob sie die Lampen mit ihrer Energie zündete und damit eine Leuchtspur hinter sich in der Stadt zurückließ.

Kaum war Julia bei sich zu Hause angekommen, rief sie ihre Freundin Karoline an.

Noch nicht mal eine halbe Stunde später saßen sie mit einem Tee auf dem Sofa.

Julia erzählte mit glühenden Wangen von ihrem Erlebnis im Freibad. Sie fühlte selbst, wie sie bei der Beschreibung Pauls ins Schwärmen kam.

„Endlich bin ich über Kurt hinweg", erklärte sie und umarmte Karoline, von der sie ja die Idee für diesen Tag hatte.

„Du hast dich verliebt", entgegnete Karoline.

Alles wollte die Freundin wissen und Julia erzählte ihr alles.

„Und? Wann seht ihr euch wieder?", fragte ihre Freundin.

Julia zuckte regelrecht zusammen und Karolina sah sicherlich das Erschrecken in ihrem Gesicht.

„Du hast doch seine Nummer?", fragte Karoline.

Julia konnte nur den Kopf schütten.

„Na gut. Aber den Namen hast du doch sicherlich?"

„Ja, Paul!", antwortete Julia.

„Und der Nachname? Die Adresse?", setzte Karoline fort.

Julia schüttelte erneut den Kopf.

Für einen Moment war Karoline sichtbar fassungslos und sagte anschließend: „Ich dachte, du bist 24 und keine 14 mehr!"

Doch als Julia die Tränen über die Wangen liefen, sagte die Freundin schnell: „Entschuldige bitte. Das habe ich nicht so gemeint."

Schluchzend legte Julia ihren Kopf an Karolines Schulter und fing an noch mehr zu weinen.

Von „Himmelhoch begeistert" bis zum „Am Boden zerstört" hatte es keine Stunde gedauert!

Nun begann Karoline ihre Freundin zu trösten. Sie strich Julia über die Haare, als ob sie die Mutter wäre, dabei hatten sie beide das gleiche Alter.

Sie waren seit dem Kindergarten Freundinnen. Hatten zusammen Schule und Abitur gemacht. Jede kannte die andere von klein auf und wusste, wie sich die jeweils andere fühlte.

„Wie können wir ihn finden?", fragte Karoline schließlich, mehr sich selbst.

Julia wischte sich die Tränen ab und schöpfte wieder Hoffnung.

„Lass uns alles zusammen tragen, was du von ihm weißt", sagte Karoline und holte ein Blatt Papier. Der Stift lag schon auf dem Tisch vor ihr.

Oben schrieb sie den Namen hin: Paul. Dann wartete sie auf den Rest von Julia. Das Papier begann sich zu füllen, doch so wirklich brauchbares war nicht dabei.

Offensichtlich wohnte er auch in der Stadt, hatte ihr Alter und war ein Mann.

So weit, so gut.

Daraus aber einen Steckbrief zu machen war schwierig. Ohne Bild und ohne Namen. Mit dem

Datum des Treffens, dem Ablauf ihrer Begegnung und ihrem Namen versuchten sie etwas aufzusetzen, das ihn, wenn er es sehen würde, an sie erinnern konnte.

Am Computer entwarfen sie dann, aus all diese Daten, einen Aushang, den sie am nächsten Tag vervielfältigen und überall in der Stadt verteilen wollten.

Julia war glücklich, dass sie nun eine Möglichkeit gefunden hatten, ihren Paul dennoch zu finden.

Die Verzweiflung war wie fortgewischt und erneut begann Julia von Paul zu schwärmen.

Es war schon spät am Abend, als sie sich zusammen, diesmal mit einem Glas Rotwein, vor den Fernseher setzten.

Julias Blick ging dabei immer wieder zu dem ausgedruckten Flyer, der oben auf dem Drucker lag und in den sie ihre ganze Hoffnung setzte, ihren Paul wiederzufinden.

Genau an diesem Abend kam nun auch noch ein romantischer Liebesfilm und Julia schmolz fast dahin. Die Handlung schien ihrer Situation zu ähneln und die Heldin dieser Romanze fand am Ende ihren Prinzen.

Julia nahm es als Bestätigung, das alles gut werden würde.

Aneinander gekuschelt hatten sie den Film bis zum Ende geschaut und dann rutschte Julia, kaum war der Abspann zu Ende, in sich zusammen.

Erschöpft schlief sie auf dem Sofa ein und spürte noch, wie sie von Karoline behutsam zugedeckt wurde.

In der Nacht träumte sie von Kurt und Paul. Sie wechselte zwischen den beiden Männern und hatte Paul schon vor sich, als er plötzlich verschwand.

Im Traum rannte sie ihm hinterher, konnte ihn aber nicht einholen. Immer wenn sie kurz vor ihm war, stand er mit einem Mal erneut weit entfernt von ihr.

Immer weiter rannte sie ihm hinterher. Plötzlich hielt Kurt sie am Arm zurück und sie konnte nicht weiterlaufen. Sie schüttelte die Hände ab und Paul nahm sie in den Arm.

Gerade in dem Moment, in dem sie ihn küssen wollte, löste er sich abermals auf.

Schweißgebadet, als ob sie die ganze Zeit wirklich hinter ihm hergelaufen wäre, erwachte Julia und setzte sich auf dem Sofa auf.

„Vielleicht ist er ja heute abermals im Freibad!", rief sie laut aus und weckte damit Karoline.

Die Freundin hatte in der Schlafstube auf dem Bett geschlafen und tauchte mit zerwühlten Haaren über der Kante des Bettes auf, als Julia an der Tür stand und in das Zimmer schaute.

Draußen waren gerade die ersten Strahlen der Morgensonne zu sehen, die sich durch die Jalousien hindurch in das Schlafzimmer voran arbeiteten.

Ein paar Staubkörner tanzten in diesen Strahlen einen wilden Tanz. Sie waren durch das Hochschrecken der Freundin aufgewirbelt worden.

Karoline schlug sie Decke zurück und gab den Körnern noch mal einen Schub für einen neuen Tanz.

Einer der Sonnenstrahlen traf ihre Nase und Karoline musste niesen. Nun war sie wirklich wach.

„Gesundheit!", rief Julia in das Schlafzimmer und setzte hinzu: „Los steht auf! Wir müssen in das Freibad!"

Durch die offene Tür sahen sich die beiden Freundinnen an.

„Gute Idee. Zumindest können wir dort die Anzeigen aufhängen", entgegnete Karoline mit einem Gähnen.

„Dann los! Wir haben keine Zeit zu verlieren!", rief Julia und stürmte in das Bad hinein.

Wenig später rauschte schon die Dusche. Julia sang ein Lied unter der Brause, falsch und laut klang es aus dem Bad zu Karoline hinüber.

Ihre Freundin schaute ihr kopfschüttelnd vom Bett aus nach, dann erhob sie sich und nahm das Blatt in der Stube aus dem Drucker.

„Heute ist ja Sonntag!", rief Karoline und schlug sich mit der flachen Hand gegen die Stirn. Da hatte der Copyshop zu.

Sie schaltete den Computer noch einmal ein und druckte das Blatt fünfzig Mal aus, während sie in das Bad ging, um Julia unter der Dusche abzulösen.

3. Kapitel

Eine erste Spur?

Zusammen waren Julia und Karoline zum Strandbad hinausgefahren und hatten unterwegs bei Karoline deren Badeanzug geholt.

Gerade hatten sie ihre Fahrräder angeschlossen, standen vor dem Tor der Badeanstalt und blickten zu dem Schild mit den Öffnungszeiten.

Noch war das Bad geschlossen und somit hatten sie Zeit, die Aushänge schon mal anzubringen. Vielleicht würde jemand der Paul kannte die Zettel dort sehen. Eventuell sogar Paul!

Julia hatte ihre Telefonnummer auf das Blatt geschrieben, für den Fall einer Information. An jedem Mast auf den Parkplatz befestigten sie eines der Blätter, wodurch jeder, der dort parkte oder das Bad durch den Eingang betrat, einen der Aushänge sehen musste.

Danach setzten sie sich auf eine der Bänke und sahen den Menschen zu, die sich nun vor dem Tor versammelten.

Die ersten Gäste, die nach ihnen eintrafen, waren Familien mit kleinen Kindern, aber sie sahen sich schon die Blätter an.

Noch schwieg das Telefon, aber so schnell hatte Julia auch keine Reaktion erwartet. Erhofft ja, aber das konnte noch kommen!

Das Bad öffnete seine Tore und alle strömten zu den Kabinen. Julia und Karoline schlossen sich den anderen an und ließen sich mit dem Strom der Menschen mitreißen.

Eines der Kinder rammte Julia sein aufgeblasenes Plastekrokodil in den Rücken, wodurch sie fast gestürzt wäre.

Nach dem Umziehen lagen die beiden Freundinnen auf der Wiese auf ihren Decken und sonnten sich.

Die warmen Strahlen der jungen Sonne versprachen einen wunderschönen Tag und so war das Bad schnell erneut gut besucht, zumal es ja Sonntag war.

Viel mehr Menschen als am Tag zuvor fanden sich dort ein und schon bald lagen alle dicht beieinander auf der Liegewiese.

Karoline hatte einen Badeanzug an, der deutlich zeigte, dass sie schon lange nicht mehr im Freibad gewesen war.

Durch den Vortag war Julia deutlich brauner geworden.

Schnell rieben sich die beiden Freundinnen gegenseitig mit Sonnenmilch ein, damit sich Karoline nicht sofort einen Sonnenbrand zuzog.

Ihre weiße Haut fiel sogar im dichtesten Getümmel auf der Wiese im Kontrast zu dem dunkelblauen Badeanzug auf. Und die sie umgebenden Menschen, als auch die Freundin neben ihr, verstärkten das nur noch weiter.

Keine halbe Stunde lagen sie so und der Ansturm der Anrufe setze ein.

Mit der Zeit kamen den beiden Freundinnen nun doch Bedenken, ihres Aushangs betreffend.

Noch keine Stunde war vergangen und Julia bereute es schon, ihre Nummer auf den Aushang geschrieben zu haben. Mehr als zwanzig Typen hatten angerufen, aber die Frage nach ihrem Lieblingsbuch konnte keiner von ihnen beantworten.

Und keiner kannte Paul. Es waren alles nur Spinner und Wichtigtuer. Oder Beziehungsgestörte.

Einige gaben sich sogar als Paul aus, bei denen sie aber schon an der Stimme bemerkte, dass sie es gar nicht waren.

Eventuell hießen sie zwar ebenfalls Paul, aber sie waren eben nicht der Gesuchte.

Immer wieder klingelte das Telefon und Julia verdrehte die Augen bei jedem folgenden Anruf.

Die Hoffnung auf einen guten Tipp oder eine Spur ihres Freundes hatte sie schon fast verloren.

Schließlich meldete sich eine Frau und das machte Julia wiederum Mut. Der kleine, fast erloschene, Funke der Zuversicht loderte zu einem brennenden Feuer auf.

Sie trafen sich am Eisstand und Julia erkannte in der anderen Frau eine der Frauen, mit der sie am Vortag, nicht weit entfernt von diesem Stand, Volleyball gespielt hatte.

Die andere Frau hieß Maria und erklärte, dass sie Paul schon ein paar Mal hier gesehen hatte. Also schien er oft hier zu sein.

Julias Herz hüpfte vor Freude. Sie umarmte die Frau überschwänglich und schließlich setzten sie sich zu dritt in der Nähe des Ballplatzes hin.

Das Telefon klingelte fast ununterbrochen weiter und Julia fragte sich immer mehr, was alle diese Spinner nur von ihr wollten.

Sie hatte doch eindeutig geschrieben, was sie ersehnte und das war Paul wiedertreffen und nun rief hier jeder Idiot an, der gerade keine Freundin hatte und einige wurden auch noch richtig frech, obszön oder ziemlich eindeutig.

Immer wieder schüttelte sie den Kopf über diese Idioten.

Nun liefen sie abwechselnd ins Wasser und eine blieb beim Telefon.

Es war fast Mittag, als einer der jungen Männer in der Nähe schließlich eine Verbindung zwischen dem Steckbrief und Julias ständig klingelnden Telefon zog. Er baute sich vor ihr auf, zog den Bauch ein, und nun war das mit dem auflegen nicht mehr so einfach.

Ein einfaches „Nein" schien er weder zu kennen noch zu akzeptieren.

Der Mann war sicher zehn Jahre älter als sie und hatte es vermutlich nötig, wieder mal mit einer Frau zusammen zu sein, nur eben nicht mit ihr. Wäre Julia an diesem Tag im Bad alleine gewesen, hätte er sich ihr sicher noch weiter genähert, aber bei drei Frauen traute er sich nicht so richtig ran.

Trotzdem setzte er sich und legte seine Hand wie zufällig auf ihr Knie.

Julia schüttelte seine Hand ab und da sie durch die vielen unnützen Anrufe sowieso schon geladen war, brüllte sie: „Hau doch endlich ab!"

Nur zögerlich verschwand er, aber nun waren alle anderen ebenfalls auf Julia aufmerksam geworden.

Damit hatte sie die Spinner nicht mehr nur am Telefon, sondern auch direkt vor sich. Die Männer, die sich bisher unsicher gewesen waren, waren nun durch Julias sichtbare Attraktivität angespornt, es ebenfalls zu versuchen, um bei ihr zu landen.

Selbst Sonnenbrille und tief ins Gesicht gezogener Hut halfen nun nicht mehr. Und der Bikini ließ viel zu viel nackte Haut sehen.

Die Wut besiegte die Hoffnung auf ein Treffen. Fast wäre Julia wütend nach draußen gegangen und hätte die Zettel abgerissen, doch irgendetwas hielt sie davor zurück.

Innerlich kochte sie aber schon lange wegen dieser Ignoranz ihrer Mitmenschen, oder besser gesagt, Mitmänner.

So etwas hatte sie bisher weder gesehen, noch gehört und nun betraf es sie selbst.

Als sie wenig später mit Karoline auf dem Weg zur Toilette war, versuchte sie ein schmächtiges Kerlchen sogar zu küssen.

Nun war es eindeutig zu viel für sie. Sie konnte gerade noch ausweichen und schlug ihm schallend ins Gesicht.

Sich die rote Wange haltend machte er sich aus dem Staub.

Die Verzweiflung wurde in Julias Bauch größer und begann abermals den Funken der Hoffnung zu ersticken.

Hier war nichts mehr zu machen und die beiden Frauen beschlossen nach Hause zu fahren.

Maria versprach ihnen, die Augen offenzuhalten und sich zu melden, wenn Paul doch noch im Bad erscheinen würde.

Auf dem Heimweg verteilte Julia die restlichen Flyer mit gemischten Gefühlen.

Das Telefon hatte an diesem Tag sicher mehr als hundert Mal geklingelt. Mit mehr als zweifelhaften Erfolg.

Zum Glück hatte sie, auf den Rat ihrer Freundin hin, auf die Adresse verzichtet, sonst hätte sie die Spinner sicher nicht mehr von ihrer Wohnungstür fort bekommen.

4. Kapitel
Weiter auf der Suche

Entnervt hatte Julia am Abend das Telefon auf lautlos gestellt und am nächsten Morgen waren darauf 244 verpasste Anrufe. Manche Nummer war gleich zehn Mal vorhanden, aber sicher war keiner davon Paul gewesen.

Julia verzichtete darauf, die Mailbox abzuhören oder die jeweiligen Nummern zurückzurufen.

Bestimmt war ihr Freund nicht dabei gewesen. Zumindest sagte das ihr Gefühl.

Sie rief stattdessen bei Maria an, aber er war auch am Freibad nicht eingetroffen.

Auf dem Weg zur Arbeit hatte sie zwar vorgehabt, die restlichen Flyer aufzuhängen, doch die landeten alle im Papierkorb der Haltestelle.

In der Nacht hatte ein Sommerregen die bereits aufgehängten Aufrufe zum Glück unleserlich gemacht, so würde sie bestimmt in den nächsten Tagen mit dem Abflauen der Anrufe rechnen können.

Unablässig vibrierte das Telefon in ihrer Jackentasche.

Diese Idee mit den Flyern war einfach nur idiotisch gewesen. Das konnte nicht funktionieren, oder zumindest nur, wenn sie sich an Frauen gerichtet hätte.

Die Männer waren da anscheinend zu primitiv dafür.

Julia brauchte einen neuen Plan und während der Fahrt mit der Straßenbahn machte sie sich in Gedanken eine Liste, wo sie gern hinging und wo vielleicht auch ein Mann in ihrem Alter sich gern aufhalten würde.

Sie müsste einfach alle Plätze absuchen, die ihr einfielen und die Augen offen halten, dann würde sie ihn schon wiederfinden.

Der kleine Hoffnungsfunke begann in ihr neuerdings zu glühen.

War dieser Plan besser als der des Vortages? Zumindest würden die blöden Anrufe und Belästigungen nicht folgen.

Auf der Arbeit angekommen schrieb sie alle Orte, die ihr eingefallen waren auf einen Zettel.

Kino, Bowlingbahn, Disco, Bar, Club, Stadtbad, Fitnessstudio und noch etwa dreißig weitere Plätze, von denen sie hoffte, dass Paul ebenfalls dort sein konnte.

Julia fragte auch ihren Kollegen Horst wo er gern hingehen würde. Der war zwar fünf Jahre älter und sagte mit einem Schmunzeln, dass er verheiratet war, aber als Julia ihm den Grund der

Frage erklärt hatte, erzählte Horst ihr wo er früher gern gewesen war.

Zwei DIN-A4-Blätter hatte sie wenig später vollgeschrieben.

Nach der Arbeit machte sie sich daran, diese Liste zu verkleinern.

Nachdem sie an diesem Abend durch fünf Bars und zwei Kinos gezogen war und erst weit nach Mitternacht in ihr Bett gefallen war, wurde ihr klar, dass sie das niemals alleine schaffen würde. Und wie sollte sie es jemanden anderen beschreiben, wen sie suchte?

Maria fiel ihr dabei ein. Vielleicht konnte sie der anderen Frau die Hälfte der Liste zur Suche übergeben, denn Maria wusste ja, wie Paul aussah.

Glücklich über diese Idee schlief sie schließlich ein.

Im Traum sah sie Paul abermals vor sich, aber auch diesmal konnte sie ihn nicht erreichen.

Es war wie verhext. War das wieder ein schlechtes Zeichen für ihren neuen Plan?

Sie sah ein großes Gebäude und davor stand ihr Traummann mit seinen blauen Augen. Eigentlich sah sie nur seine Augen, der Rest lag wie in einem Nebel.

Nach einer viel zu kurzen Nacht schreckte sie in ihrem Bett aus dem schönen Traum und war alleine in ihrem Zimmer. Kein Paul lag neben ihr!

Die Tränen des Kummers liefen über ihr Gesicht, wurden aber schon kurz danach von der Hoffnung auf einen Erfolg mit der Suchliste abgelöst.

Die Arbeit zog sich mühsam über den Tag, sie wartete darauf, dass sie am Abend die Suche fortsetzen konnte, doch nun musste sie erst mal auf den Feierabend warten.

Und wie immer, wenn man auf etwas sehnsüchtig wartete, zog sich die Zeit wie Kaugummi, den man am Schuh kleben hatte.

Am Abend, nachdem sie schnell noch drei Cafés auf der Liste abgehakt hatte, traf sie sich mit Maria in einer kleinen Bar.

Die Frau stimmte gern zu und übernahm die Fitnessstudios der Stadt und ein paar der Kinos.

Somit gingen sie nun zu zweit auf die Suche.

Wenn sie doch nur ein Foto gehabt hätten, so hätte auch Karoline mitsuchen können, aber durch ihre Unachtsamkeit waren Maria und sie nur auf sich selbst angewiesen.

Karoline hatte auch ein paar Treffpunkte beigesteuert, aber suchen konnte sie ihn nicht. Sie konnte ja nicht jeden nach Julia fragen und die Suche im Telefonbuch brachte auch nicht viel. Zu viele Männer mit dem Vornamen Paul waren darin.

Dadurch musste sich Karoline also schweren Herzens von der Suche fern halten, so Leid ihr das auch tat.

Als sich Maria und Julia am Freitagnachmittag abermals in einem kleinen Café trafen, waren beide Frauen von der anstrengenden Suche vollkommen erschöpft.

Vier Abende lang hatte sie jeden Tag mehr als sieben Stunden lang gesucht und das Ergebnis war nur eine Liste mit durchgestrichenen Plätzen.

Wo andere feierten, waren sie einfach nur durch die Reihen gegangen und hatten geschaut, ob Paul irgendwo zu sehen war.

Meist waren sie erst weit nach Mitternacht, Julia einmal sogar erst früh um drei Uhr, in ihre Betten gekommen. Und das, wo beide an den jeweils folgenden Tagen auch noch arbeiten mussten.

Konnte das funktionieren?

Noch eine weitere Woche würde Julia das wohl kaum durchhalten.

Bereits jetzt bemerkten die Kollegen auf der Arbeit ihre Müdigkeit.

Maria und Julia gaben daher die systematische Suche auf und verabredeten sich dazu, einfach so die Augen offenzuhalten.

Das taten sie dann auch das ganze Wochen-ende.

Immer früh und abends riefen sie sich gegen-seitig an.

Julia suchte von den ersten Morgenstunden bis zur tiefen Nacht nach ihrem verschwundenen Freund.

Andauernd machte sie sich dabei Vorwürfe, dass sie an so etwas Einfaches wie die Telefon-nummer nicht gedacht hatte.

Aber das Treffen mit Paul hatte sie im Bad so in seinen Bann gezogen, dass sie daran nicht ge-dacht hatte und nun musste sie eben dafür büßen.

Wie konnte sie aber so sicher sein, dass es auch Paul mit ihr ernst gemeint hatte? Vielleicht hatte er nur unverbindlich mit ihr flirten wollen?

In den fünf Jahren mit Kurt war ihr Liebesle-ben etwas eingerostet und auch zuvor hatte sie nie so wirklich ausschweifend gelebt. Und auch nicht so geliebt.

Kurt war erst ihr dritter Freund gewesen. Julia war in allem ein Spätzünder gewesen und hatte ihren ersten Sex mit achtzehn gehabt. Da war ihre Freundin Karoline ihr schon fast drei Jahre vo-raus gewesen.

Erneut holte sie die blauen Augen von Paul vor ihre inneren Augen. Hatte er sie nur in sein Bett holen wollen? Oder in eines der Gebüsche am Rande der Liegewiese, wo sich meist die Pärchen trafen?

Nicht, dass Julia etwas dagegen gehabt hätte, aber ein kleiner Zweifel blieb in ihrem Innersten zurück.

Jede Nacht, wenn sie im Bett lag und das Licht aus war, sah sie ihn vor sich, doch wenn sie neben sich griff, dann war da nur das leere Bett.

Vor lauter Erschöpfung hatte sie nicht mal mehr Tränen. Warum tat das Schicksal ihr so etwas an?

Erst dieses Desaster mit Kurt und nun die schier verzweifelte Suche nach Paul.

Julia krallte sich in das Kopfkissen und küsste es. Im Gedanken war sie bei Paul. Aber ihre Suche nahm langsam selbstzerstörerische Züge an.

Was wäre, wenn sie ihn nie finden würde?

Würde sie in fünfzig Jahren immer noch das Kissen küssen?

Sie schlief ein, im Traum war er ihr so nah und im Wachzustand so weit entfernt.

5. Kapitel

Ein Schock am Morgen

Auf Arbeit hatte Julia erfahren, dass Kurt und Beate demnächst heiraten wollen. Schon früh beim Betreten des Büros wurde sie durch eine gemeinsame Freundin darüber informiert. Für Julia war das Ganze ein doppelter Schock und es traf sie wie ein Stich ins Herz.

Fast fünf Jahre war sie mit Kurt zusammen gewesen, hatte alles für ihn gemacht und nie war es ihm auch nur in den Sinn gekommen, sich zu bedanken oder sie zu fragen, ob sie seine Frau werden wollte, obwohl sie das gern gesehen hätte.

Doch hatte sie ihn eigentlich danach gefragt?

Die Mutter hatte ihr damals geraten, dass immer der Mann den Antrag machen muss und nicht die Frau. Julia hatte sich an den Rat der Mutter gehalten.

Und nun? Nach noch nicht mal einem Monat hatte Kurt mit Beate das Aufgebot bestellt.

Julia stützte ihren Kopf in die Hände und die Ellenbogen auf den Tisch. Die ersten Tränen tropften auf die Akten, die auf ihrem Schreibtisch lagen.

Vorsichtig wischte sie die Tränen vom Papier und die Druckertinte verwischte dabei. Jetzt musste sie die Arbeit noch einmal machen. Still fluchte Julia in sich hinein.

Langsam beruhigte sie sich und dachte über sich und ihr Leben nach. War das Treffen mit Paul Schicksal gewesen? Oder nur ein Zeichen? Sollte sie nun weiter nach ihm suchen? Natürlich war er ihr Traummann, aber war er mehr als nur ein Traum?

Schon mehr als zwei Wochen hatte sie bisher erfolglos nach ihm gesucht.

Aber wenn es nur ein Zeichen zum Aufbruch gewesen war, dann konnte sie höchstwahrscheinlich auch mit einem anderen Mann glücklich werden.

Vielleicht sollte sie darüber mal mit Karoline reden, denn es konnte ja durchaus sein, dass die Suche nie zu einem Ergebnis führen würde.

Den Rest des Tages versuchte sie nicht an Kurt zu denken, was ihr allerdings nur schwer gelang, denn die gemeinsame Freundin war ja auch ihre Kollegin im Büro.

Sie saß direkt in ihrem Blickfeld und jedes Mal, wenn Julia dorthin sah, dachte sie an die Nachricht, die sie überbracht hatte und die sie so sehr verletzt hatte.

Nach der Arbeit saß sie am Abend zu Hause, starrte in das Weinglas und dachte an Kurt und Beate. Dann wieder an ihr Treffen mit Paul.

Hatte Karoline ihr nicht den Tipp mit dem Freizeitbad gegeben?

Sie hatte rausgemusst aus ihrem Schneckenhaus und vielleicht war die bisher ergebnislos gebliebene Suche ein Teil davon gewesen.

Nur hatte sie es falsch angepackt. Sie musste unter Menschen, unter Männer!

Nicht nur einfach kurz in die Bar hineinsehen, wie sie es bisher gemacht hatte, sondern bleiben und feiern.

Julia rief ihre Freundin nicht an, stattdessen besuchte sie eine kleine Bar, in der sie ein paar Stunden lang blieb.

Allerdings sagten ihr die Männer darin alle nicht zu. Einer von ihnen gab ihr ein paar Getränke aus, sicherlich nicht ohne Hintergedanken, doch sie ging an diesem Abend alleine nach Hause.

Nach den fünf Jahren mit Kurt wollte sie endlich wieder Leben.

Sie hatte ein Recht darauf sich zu amüsieren und das würde sie nun auch ausgiebig tun!

Zwar ging sie auch in den folgenden Nächten alleine nach Hause, doch ihren Spaß hatte sie dennoch.

Tanzen, feiern, einfach Spaß haben! Das hieß es nun bei ihr.

Schon lange war sie nicht mehr so ausgelassen gewesen und eigentlich wusste sie nicht, ob sie das nicht vielleicht aus Trotz machte, weil Kurt demnächst heiraten würde.

Und eigentlich war es ihr auch egal.

Leider war mit dem Ende der Suche auch Paul vollkommen aus ihren Träumen gewichen.

Mit dem Besuch der Bars und Diskotheken durch Julia hatte er sich verabschiedet und vielleicht waren seine blauen Augen auch nur Mittel zum Zweck gewesen.

Paul hatte sie zum Leben erweckt, wie der Prinz im Märchen sein Dornröschen, nur das ihr Schlaf keine hundert, sondern nur fünf Jahre gedauert hatte.

Nun wurde die Suchliste zu einem Partyprogramm umgedeutet.

Jeden Abend war Party, was natürlich nun wiederum auch nicht gut für ihre Arbeit war.

Als sie eines Morgens den Wecker überhörte und gerade noch auf Arbeit erschien, bevor ihr Chef ihr Fehlen feststellen konnte, wusste sie, dass sie kürzertreten musste.

Beinahe wäre das Ganze schiefgegangen und sie hatte das Gefühl, das sie nun wieder in das andere Extrem verfiel.

So wie ein Kind, das lange keinen Pudding gegessen hatte und sich nun mit Heißhunger auf alles stürzte, was wie Pudding aussah, hatte sie sich benommen. Und so wie das Kind sich damit sicher den Magen verdirbt, so hätte sie sich fast ihr Leben verdorben.

Julia versuchte wieder vernünftig zu werden und beschloss, nur an drei Abenden in der Woche auszugehen und sie legte gleichzeitig fest, dass sie an den anderen Tagen etwas Sport machen wollte.

Mit Karoline meldete sie sich am nächsten Abend in einem Fitnessstudio an.

Es lag ganz in ihrer Nähe und einige andere Frauen trainierten dort ebenfalls.

An den Abenden in den Clubs feierte sie, meist alleine, manchmal mit Karoline, wenn sie Zeit hatte oder mit Maria.

Als Ausgleich diente dann der Sport in dem Fitnessstudio. Es war sehr schön eingerichtet mit einem Sauna- und Ruhebereich und es gab auch Kurse in Aerobic, an denen sie gern teilnahm.

In dem Studio trainierten auch ein paar Männer und einige davon gefielen ihr schon, aber die meisten interessierten sich nicht für sie, sondern nur für sich selbst.

So hatten Karoline und Julia gemeinsam ihren Spaß.

Sie übten nicht so verbissen wie einige der anderen Frauen, sondern nur um fit zu bleiben. Sie genossen die gemeinsame Sauna und lagen danach im Ruhebereich zum Entspannen.

Jeden zweiten Tag zwei Stunden Sport und die Sauna hatten eine gute Wirkung auf sie. Nicht nur, dass ihr Körper erneut in Form kam, sondern auch die Glückshormone halfen ihr, die durch die erfolgreichen Übungen ausgeschüttet wurden.

Das Feiern war gut für ihre Seele und das Training im Studio für ihren Körper.

Der Muskelkater an den ersten Abenden war zwar nicht so schön gewesen, aber als sich dann die ersten Erfolge zeigten und die kleinen Röllchen an der Hüfte verschwanden, die sie sich in den fünf Jahren mit Kurt zugelegt hatte, war es für sie nur umso schöner.

Julia fühlte sich attraktiv und das hatte auch eine Auswirkung auf ihr Selbstwertgefühl.

Damit fehlte nur noch ein Mann in ihrem Leben, einer der sie liebte und begehrte.

So wie Paul?

War sie schon für eine neue Beziehung bereit?

Vielleicht sollte sie einen Mann suchen, der Paul ähnlich war, wenn sie ihn schon nicht finden konnte.

Die Stadt war groß mit tausenden Männern und da gab es bestimmt etwas Passendes für sie.

In den Nächten nach dem Sport schlief sie meist ohne Traum durch.

Nach den Feiern im Club war sie manchmal so aufgekratzt, dass sie lange nicht einschlafen konnte.

In diesen Momenten wünschte sie sich einen Partner an ihre Seite.

Dieses Sehnen war tief in ihr, aber einfach nur jemanden fürs Bett mitnehmen? Davor schreckte sie noch zurück.

6. Kapitel
Neue Erkenntnisse

*E*s war wieder mal ein Ausgehtag. Karoline und Maria hatten keine Zeit und so stand Julia zuerst lange unter der Dusche. Das warme Wasser auf der Haut fühlte sich wie ein Streicheln an.

Sie stellte sich die Frage, ob sie heute in eine Bar oder zur Disco gehen sollte? Denn danach richtete sich ja die Kleiderwahl. Und gegebenenfalls auch die Wahl der richtigen Unterwäsche, denn Julia hatte beschlossen, dass es nun heute endlich so weit war, einen Mann mitzunehmen.

Damit das auch klappen würde, verschaffte sie sich unter dem Duschstrahl zuerst einmal Erleichterung, denn es ergab keinen Sinn, geil in eine Bar zu gehen. Da schleppte man nur jemanden ab, der es am nächsten Morgen nicht mehr wert war, dass sie ihn ansah.

Ihre Finger tasten sich in ihre Vulva und auch der Strahl des Wassers, auf ihre empfindliche Stelle gerichtet, tat so gut. In Gedanken war es abermals Paul, der sie so zärtlich verwöhnte.

Sie schloss die Augen und ließ sich fallen. Als der Höhepunkt sie mit Gewalt überrollte, versagten ihre Beine und sie rutschte an den Fließen herab.

Ein paar Minuten später saß sie, mit gespreizten Schenkeln und einer Hand tief in sich vergraben, keuchend auf dem feuchten Boden in der Duschkabine und kam nur langsam wieder zu Atem.

Wie lange war der letzte Orgasmus vor diesem her gewesen? Wochen? Monate? Das hatte ihr all die Zeit gefehlt! Nun war ihr Entschluss nur noch viel fester in ihr. Sie würde ausgehen, um Sex zu haben!

Schwankend kam sie erneut auf die Füße, trocknete sich ab und durchsuchte dabei in Gedanken ihren Kleiderschrank.

Lange dachte sie darüber nach, was ihr besonders gut stand. Dabei föhnte sie ihre Haare und drehte kleine Locken ein, dann hüllte sie sich in den Duft ihres besten und teuersten Parfüms.

Trotz des Überlegens im Bad hatte sie dennoch lange vor dem Schrank gestanden.

Tanzen oder feiern? Oder beides?

Als die Nacht über die Stadt herab gefallen war, ging sie in ihrem schönsten Kleid die Straße entlang.

Julia hatte sich dafür entschieden, tanzen zu gehen, um den ganzen Ärger hinter sich zu lassen. Einfach nur Spaß haben und vielleicht würde es ja an diesem Abend endlich auch mal wieder mit einem Mann klappen.

Zumindest war sie nun bereit und hatte die Unterwäsche mit dem Spitzenslip und dem dazu passenden BH an. Wenn man schon einen Mann abschleppen wollte, dann passte ihr Lieblingsslip mit den kleinen Bärchen darauf nicht wirklich zu dieser Absicht.

Endlich war sie offen dafür und der unter der Dusche zuvor erlebte Orgasmus gab ihr den Schwung, etwas Neues zu versuchen.

Eine Packung Kondome in der Handtasche sorgte zumindest für ihre Sicherheit.

„Wer weiß?", dachte sie und betrat die Vorhalle, in der auch schon laute Musik zu hören war.

Zuckende Lichter von der Decke beleuchteten den Tanzsaal und es waren sicher mehr als hundert Menschen darin.

Offensichtlich aber mehr Frauen als Männer. Einige Frauen tanzten zusammen und Julia ging alleine auf die Tanzfläche.

Ihr gefiel die Musik und sie tanzte mit einem imaginären Freund.

Offenbar war sie dabei einem alleinstehenden Mann aufgefallen, der auf sie zukam.

„Darf ich bitten?", fragte er laut durch den Lärm nahe an ihrem Ohr.

Er roch so gut und gab ihr ein schönes Gefühl. Julia nickte ihm zu und legte sich für einen langsamen Tanz in seine Arme. Er war kräftig, führte sie gut und tanzte hervorragend.

Außerdem war er auch noch höflich, sehr attraktiv und entsprach genau dem, was sich Julia unter dem perfekten Mann vorstellte.

Sie tanzten von da an jede Runde miteinander. Eng aneinander, bei den langsameren Tänzen, oder weiter auseinander und offen, bei den schnelleren, er gefiel ihr immer besser und ihr Lachen strahlte auf ihn über.

Durch die laute Musik konnten sie sich zwar nur schwer verständigen, doch ihre Körpersprache war eindeutig und es schien zwischen ihnen zu knistern.

Jede Berührung des Mannes ließ eine Gänsehaut auf ihrem Körper zurück.

Der konnte es durchaus sein!

Immer, wenn er ihre nackten Schultern berührte erschauderte sie. Seine Hände blieben genau da, wo sie diese haben wollte. Keine der sonst üblichen „zufälligen" Berührungen am Hintern oder an der Brust.

Dieser Mann hatte offensichtlich auch Manieren.

Ein perfekter Gentleman?

Gab es so etwas überhaupt? Wenn ja, so war dieser Mann nahe dran!

Zusammen blieben sie bis die Disko das letzte Lied gespielt hatte und sahen sich dabei immer wieder tief in die Augen.

Es kribbelte in ihrem Bauch. War es die Vorfreude auf das, was nun kommen konnte?

Und war er der richtige Mann für sie?

Er fasste sie an der Hand und zog sie einfach hinter sich her. Gern folgte sie ihm und war gespannt, was der Abend noch bringen würde.

Draußen machte er ihr Komplimente über ihr Aussehen, ihr Kleid, ihren Duft und Julia fühlte sich einfach wohl in seiner Gegenwart.

Auf der Straße begannen nach ein paar Schritten die stürmischen und leidenschaftlichen Küsse. Und er konnte himmlisch Küssen!

Jeder Kuss jagte abermals wohlige Wellen durch ihren Körper und sie fühlte sich verliebt in diesen Mann, von dem sie nicht einmal den Namen kannte.

Von der Disco aus tanzten sie die Straße entlang. Es war schon weit nach Mitternacht und die Gegend war fast menschenleer.

Im Schein der Straßenlaternen küssten sie sich immer wieder und nun waren auch heiße Zungenküsse dabei.

Das schöne Gefühl in ihrem Bauch rutschte eine Etage tiefer und landete in ihrem Schoß. Nun konnte sie das Kribbeln auch dort spüren. Ihr Blut sammelte sich schon dort und Julia spürte, wie die Vorfreude auf diese Nacht ihren Slip durchfeuchtete.

Ein paar Augenblicke später zog er sie wortlos in einen Hauseingang.

„Bloß nicht hier auf der Straße!", dachte Julia, als er sie in der Dunkelheit mit dem Rücken an die Hauswand drückte, ihr Gesicht streichelte und sie leidenschaftlich küsste, aber er holte einen Schlüssel aus der Hosentasche und schloss auf.

Schnell waren sie die Treppe hochgelaufen und in seiner Wohnung verschwunden.

Auf dem Weg zum Schlafzimmer rissen sie sich gegenseitig stürmisch die Sachen vom Leib. Eine Atmosphäre von Lust und Verlangen lag über ihnen beiden.

Und auch ohne Sachen war er mehr als ansehnlich. Vor dem Bett sich küssend spürte sie, wie sein halb erigiertes Glied sich gegen ihren Bauch drückte. Groß und wohlgeformt war es.

Ihre Beine gaben nach und als sie schließlich nackt in das Bett fielen, war das schöne Gefühl, das sie den ganzen Abend gehabt hatte, bei Julia verschwunden.

Diese unbändige Lust war fort. Nur noch Leere war in ihr. Nichts sonst.

Sie horchte in sich hinein. Was war das jetzt? Gerade eben hatte sie noch diese verliebte Empfindung in sich gehabt.

Der Mann streichelte sie weiter und versuchte mit allen Mitteln der Kunst, sie erneut feucht zu bekommen, doch etwas blockierte sie.

Er war einfach gut im Bett, das musste sie ihm lassen. Gekonnt massierte er ihre Brust. Nicht zu wenig und nicht zu viel. Eigentlich genau richtig.

Nach einer Weile schob er ihr zärtlich die Schenkel auseinander und seine Finger tauchten in ihre Vulva. Auch da war er sehr geschickt und liebevoll, aber es ging nicht.

Julia konnte sich nicht fallen lassen oder sich darauf einlassen. Das Gefühl war fort.

Eigentlich hätte sie nun aufstehen, sich anziehen und gehen müssen, doch vielleicht würde es ja noch besser werden?

Ihre Handtasche lag auf dem Boden des Schlafzimmers, doch auch er hatte Kondome da. Mit einer schnellen Bewegung zog er sich eines davon über. Das sah so aus, als ob er das täglich machte.

Ein leichter Zweifel überkam Julia, aber vielleicht würde sie wenigstens bei ihm einen Orgasmus haben. Dann wäre nicht alles umsonst gewesen.

Schließlich schob er mit beiden Händen ihre Knie nach oben und öffnete damit ihren Schoß. Vor ihr kniend und sie an den Oberschenkeln haltend, rieb er diese prachtvolle und nun vom Gummi umhüllte Eichel von diesem wundervollen und harten Schwanz, den sie zuvor so bewundert hatte, an ihrer Vulva.

Aber auch das nutzte nichts. Ein paar Augenblicke später stütze er sich mit den Händen neben ihrem Kopf auf und stieß diesen Prachtschwanz in ihre Scheide.

Er füllte sie vollkommen aus und das Gefühl war toll, doch etwas fehlte.

Über ihr mühte er sich ab. Schnaufend stieß er immer wieder in ihren Schoß. Julia lag einfach nur so da und starrte zur Decke.

„Hoffentlich ist das gleich zu Ende", dachte sie, als er schon stöhnend über ihr zusammenbrach und wenig später eingeschlafen war.

Der perfekte Mann?

Jetzt wohl eher nicht mehr!

Lag es an ihm oder an ihr?

Julia hatte es doch auch gewollt. War sie noch nicht bereit für eine neue Beziehung?

Drei Versuche brauchte sie, um den schweren Körper des schlafenden Mannes von sich zu wälzen.

Jetzt fühlte sich Julia leer, schmutzig und benutzt.

Im Schein der Nachttischlampe zog sie sich schnell an und verließ die Wohnung, ohne sich noch einmal nach ihm umzusehen.

Es war noch nicht mal zwei Uhr Nachts, als sie an der Straßenbahnhaltestelle stand.

Die letzte Bahn war lange weg und die nächste kam hier erst um fünf Uhr früh.

Julia dachte über den Weg nach.

Der direkte Weg führte durch einen Park und würde dreißig Minuten dauern, der längere etwa eine Stunde auf der beleuchteten Hauptstraße.

Der Park machte ihr zu dieser Zeit etwas Angst. Somit entschied sie sich für den längeren Weg und lief los.

Die frische Luft tat ihr gut, aber sie dachte auch über die letzten Stunden nach.

Das Tanzen war wundervoll, die heißen Küsse hatten ihr Höschen durchnässt und der Geschlechtsverkehr war einfach nur miserabel gewesen.

Was war da gerade passiert? Warum hatte ihr der Sex keine Freude gemacht? Sie hatte es doch aber gewollt! Früher mit Kurt hatte sie doch auch gelegentlich ihren Spaß dabei gehabt. Nicht oft, aber wenigstens ab und zu. Und nun? Gar nichts mehr.

Mit Kurt hatte sie mitunter ein paar Höhepunkte erlebt, aber das gerade eben war einfach nur furchtbar gewesen.

Körperlich hatte der Mann alles drauf gehabt, aber Julias Kopf hatte es verweigert, dass sie bei ihm kommen konnte.

Der Orgasmus beginnt immer im Kopf! Das hatte zumindest ihre Freundin Karoline mal gesagt und offensichtlich hatte sie damit recht gehabt.

Nachdem Julia endlich zu Hause angekommen war, ließ sie sich eine Wanne ein und ignorierte den von unten klopfenden Nachbarn.

Schließlich war es ja noch mitten in der Nacht.

Julia legte sich in die Wanne und spielte mit dem Schaum, aber so richtig bei der Sache war sie nicht.

Zu viel Kopf, zu wenig Gefühl. Dieser verdammte Kopf musste einfach Ruhe geben. Dann hätte es vielleicht auch vorhin geklappt.

Julia schloss die Augen und begann sich zu streicheln. Eine Hand an ihrer Brust, die andere tauchte zwischen ihre Schenkel.

Mit der Vorstellung davon, dass es Pauls Hände sein könnten, die über ihren Körper glitten, gelang ihr dass, was ihr zuvor verwehrt geblieben war.

Der Gedanke an Paul reichte aus, dass sie wenig später japsend in der Wanne lag und ein ziemlich heftiger Orgasmus sie überrollte.

Als sie eine halbe Stunde später glücklich und entspannt zu ihrem Bett schlurfte, ging draußen vor ihrem Fenster gerade die Sonne auf.

Zum Glück war heute Sonntag und sie musste nicht auf ihre Arbeit.

Julia ließ sich in ihr Bett fallen und wickelte sich in die Decke, doch die Bilder der Nacht kamen jetzt wieder hoch. Und Paul war fern!

Die Tränen der Wut brachen sich bei ihr ihre Bahn und durchfeuchteten das Kopfkissen.

Dieser Mann in der Nacht war nur gut fürs Tanzen gewesen, aber sie brauchte auch jemanden für ihre Seele!

Eigentlich jemanden für Körper und Seele! Jemanden, bei dem sie sich einfach fallen lassen konnte und der sie auffing.

Irgendeinen Mann wie Paul? Oder zumindest so ähnlich! Bei dem Gedanken an ihm hatte es ja auch sofort funktioniert.

7. Kapitel

Kirmesfreuden

Übermals war eine Woche vergangen und bis auf ein paar vergebliche Versuche im Fitnessstudio war Julia den Männern ferngeblieben.

Wie bereits von ihr befürchtet, waren in diesem Studio anscheinend nur Männer unterwegs, die so sehr in ihren eigenen Körper verliebt waren, dass sie anderes gar nicht bemerkten.

Und dabei waren unter ihnen schon einige, die ihr durchaus gefallen konnten. Vielleicht war auch Paul Mitglied in einem Fitnessstudio, denn an jenem Tag am See hatte er ihr seinen durchtrainierten Oberkörper gezeigt.

Doch hier passierte einfach nichts! Selbst als sie sich in ihrem weißen Handtuch „aus Versehen" und fast schon verzweifelt in die Sauna der Männer gesetzt hatte, hatte das keinen der nackten Anwesenden interessiert.

Julia hätte sich nackt neben das Laufband stellen können und wäre doch wahrscheinlich einfach nur übersehen worden.

Zum Anbandeln war das Fitnessstudio also offensichtlich der falsche Platz.

Schwitzende Körper, strähnige Haare durch den Schweiß, knappe nasse Sachen und die unausweichlichen Ausdünstungen durch die Anstrengungen des Sportes waren nicht wirklich ein Aphrodisiakum.

Zumindest nicht für sie.

Mag sein, dass es bei anderen Paaren geklappt hatte, für sie kam das nach den besagten unnützen Versuchen nicht in Frage.

Julia dachte auf dem Heimweg vom Studio an den Mann aus der Disco zurück. Den hatte sie so attraktiv gefunden. Er hatte ein wirklich schönes Gefühl in ihr ausgelöst und dann? Nur miserabler Sex!

Hatte sie richtig gehandelt? Oder war es ihre Verzweiflung gewesen?

Sie hatte weder Namen noch Telefonnummer des Mannes gehabt und doch waren sie in seinem Bett gelandet.

Zwar kannte sie die Adresse, aber die eine Nacht reichte ihr vollkommen.

Woher war dieses Gefühl des verliebt seins in ihr gekommen? War es aus einem körperlichen Bedürfnis entsprungen? Oder aus ihrer Einsamkeit?

Sicher war es nur der falsche Mann gewesen und beim nächsten würde es bestimmt besser werden.

Es musste besser werden!

Ihre Suche nach Paul betrieb sie nur noch sehr halbherzig. Eigentlich hatte sie schon aufgegeben, sonst wäre sie nie mit dem anderen Mann im Bett gelandet.

Oder vielleicht war das ihr Problem gewesen?

Ihre Seele hing noch an Paul, während ihr Verstand schon lange aufgegeben hatte. Da konnte das natürlich auch nichts mit einem anderen Mann werden!

Auf dem Weg zur Arbeit hatte sie ein Plakat für eine Kirmesveranstaltung gesehen, und da würde sicher die ganze Stadt sein.

Vielleicht wäre das die letzte Möglichkeit, Paul doch noch zu finden. Zumindest hatte sie in sich genau dieses Gefühl.

Immer noch hatte sie dieses warme Gefühl in ihrem Bauch, wenn sie an ihn dachte. Obwohl sie ihn nur einmal gesehen hatte und dann vergeblich schon seit Wochen suchte, hatte sie immer noch diese Liebe zu Paul in sich.

Sie konnte noch seinen Kuss auf ihren Lippen fühlen und dachte auch an das Kribbeln in ihrem Bauch.

Einmal noch und ihn finden. Oder ihn danach für immer vergessen.

Ob ihr das gelang?

Nicht mal in ihren Träumen war er noch vertreten, die Erinnerung an den schönen Nachmittag im Bad verblasste langsam und das warme Gefühl in ihrem Bauch konnte auch von der vielen Sonne gekommen sein.

Sie dachte sich: „Egal. Wenn ich ihn finde: gut. Wenn nicht: auch gut!"

In ihren Gedanken versunken traf sie an ihrer Wohnung ein und hoffte, dass er abermals in ihre Träume kam.

Nach einer leider traumlosen Nacht erwachte sie fluchend und ging unter die Dusche. Nun war Paul anscheinend wirklich fort!

Auf dem Weg zur Arbeit sah sie wie das Riesenrad in die Höhe wuchs. Das würde bestimmt ein schönes Fest.

Im letzten Jahr war sie nicht dort gewesen, weil Kurt eine Weiterbildung gehabt hatte und sie nicht alleine gehen wollte.

Jetzt fiel ihr auf, dass er in jedem Jahr am Kirmeswochenende irgendeine Arbeit gehabt hatte. Vielleicht war er mit Beate auf dem Fest gewesen!

Der Zorn über Kurt ballte sich in ihrem Magen zusammen. Er hatte sie immer wie ein Hausmütterchen behandelt und erwartet, dass sein Essen da war, wenn er von seiner, zweifellos gut bezahlten, Arbeit zurückkam.

Die Annehmlichkeiten, die er ihr dadurch bieten konnte, fehlten ihr nun zwar, aber das Ganze war es beim besten Willen nicht wert gewesen.

Es hatte ihr Gefühl verkrüppeln und erfrieren lassen.

Damit war nun endgültig Schluss!

In diesem Jahr nun freute sich Julia wie ein Kind auf dieses Fest. Sie dachte daran zurück, wie es früher auf dem Dorf gewesen war. Einmal im Jahr fand im Nachbarort ein kleines Fest mit Karussell und Buden statt. Damals hatte sie sich mit ihrer Freundin Karoline wochenlang darauf gefreut.

Diesmal war es doppelt schön. Die Aussicht auf Paul, der vielleicht dort sein würde, versüßte das Ganze noch einmal und Spaß würde sie da sowieso haben.

In der Nacht vor dem Fest konnte sie nur schlecht einschlafen. Viel zu aufgeregt war sie und rollte mit ihrem Kissen im Bett umher, so als ob sie den geliebten Menschen schon gefunden hätte.

Nur wer würde es sein? Paul oder ein anderer?

Julia schloss die Augen und streichelte sich, als ob es die Hände von Paul wären, die ihren Körper verwöhnten. Schon alleine dieser Gedanke reichte ihr aus, dass der Höhepunkt sie nach ein paar Minuten überrollte.

Das Kissen zwischen ihre Beine gepresst schlief sie schließlich entspannt und glücklich ein.

Nach dem Frühstück standen Karoline und Maria vor der Tür und zusammen mit den beiden Freundinnen machte sich Julia sogleich auf den Weg.

Schon vom weiten hörten sie die Musik und sahen das Riesenrad sich drehen. Der ganze Platz, den sonst für den Rest des Jahres nur eine Wiese zierte, war mit Menschen gefüllt.

Sicher waren es jetzt schon tausende und der Tag hatte gerade erst begonnen.

Die ersten zwei Stunden liefen sie einfach durch die Gänge und an den Buden vorbei, aber in der Masse von Menschen war kaum eine Bewegung außerhalb des Stromes der Besucher möglich.

Wenn sie ihren Paul hätte sehen sollen, so wäre es sicher schon passiert. Also beendete sie die nutzlose Suche und begann, zusammen mit ihren Freundinnen, einfach Spaß zu haben.

Sie fuhren Karussell und sogar Achterbahn, obwohl sie das sonst nicht so mochte. Mit fliegenden Haaren sauste sie dahin und fuhr schließlich sogar ein zweites Mal.

Die Freundinnen mussten einfach mit, wenngleich ihnen das erste Mal schon gereicht hatte und sie schon eine deutlich blassere Gesichtsfarbe hatten.

Zum Dank dafür fuhr Julia dann auch mit ihnen auf einem Kinderkarussell mit.

Auf einem weißen Pferd saß sie neben Karoline und sie lachten wie die Kinder, die neben ihnen mitfuhren.

Die Wolken jagten an einem blauen Himmel mit ihnen um die Wette. Es konnte alles so herrlich sein!

Schließlich fuhren sie auch noch mit dem Riesenrad und von dort aus blickte Julia auf die Stadt herunter.

So von oben sah sie erst, wie groß diese Stadt war, und wie aussichtslos damit ihre Suche.

So viele Häuser, so viele Straßen, so viele Menschen. So viele Männer! Da musste doch einer dabei sein, der zu ihr passte. Nicht nur in sie!

Anschließend feierten die drei Freundinnen an einer Bratwurstbude das Ende der unsinnigen Suche und den Beginn von Julias neuem Leben.

Erst weit nach Einbruch der Dämmerung gingen die drei Frauen lachend heim.

Auf Julias Sofa beendeten sie ihren Ausflug mit ein paar Gläsern Wein und weit nach Mitternacht verabschiedete sich zuerst Maria und kurz darauf auch Karoline.

Auch in dieser Nacht kam Julia schlecht in den Schlaf. Viel zu aufregend war der Tag gewesen.

Sie erhob sich noch einmal aus ihrem Bett und holte sich ein Glas. In der Küche goss sie sich Wein hinein.

Am Fenster stehend verabschiedete sie sich damit von ihrem Freund Paul.

8. Kapitel

Ein neuer Versuch

Nach dem Frühstück war Julia alleine in die Stadt gegangen. Ab heute begann ein neues Leben für sie. Das Alte hatte sie mit dem Glas Wein in der Nacht zuvor beendet.

Zuerst führten sie ihre Schritte durch einen kleinen Park und dann fuhr sie mit der Straßenbahn in die Innenstadt, in dem am Sonntagvormittag nur einige Menschen herum schlenderten.

Sicherlich waren viele zudem auch noch auf der Kirmes.

Im Stadtzentrum befanden sich ein paar kleine Cafés, die sich entlang verträumter kleiner Gassen aneinanderreihten und manches hatten auch Tische und Stühle nach draußen auf dem Gehweg gestellt.

Eines davon machte einen solch einladenden Eindruck, dass sich Julia auf einen Stuhl. Mit Kaffee und Kuchen genoss sie die schöne Sonne von oben.

Richtig warm wurde es und sie trug zum Glück nur ein kurzes buntes Sommerkleid.

Sie hatten den Kuchen erst zur Hälfte gegessen, als der Wind mit einem Mal auffrischte. Entlang der Gasse wehte er zu einem kleinen Park hinüber und sie saß genau im Luftzug.

Der Windstoß fuhr ihr dabei immer wieder von der Straße aus unter den Saum und hob das Kleid vorn an. Fast verzweifelt versuchte sie, das hochfliegende Kleidungsstück mit der einen Hand festzuhalten, während sie mit der anderen den Kuchen aß.

Ein ziemlich attraktiver Gast am Nachbartisch sah lachend zu ihr herüber und sie lächelte einfach zurück. Was sollte sie auch sonst machen? Ein bisschen war ihr das Ganze auch peinlich, denn sie zeigte ihm damit ihren Slip und teilweise sogar ihren nackten Bauch.

Er gefiel ihr ganz gut und ihm schien sie auch zu gefallen. Sie warfen sich gegenseitig verliebte Blicke zu und noch immer konnte sie das Kleid nicht bändigen.

Über die Entfernung von drei Schritten begannen sie beide heftig miteinander zu flirten. Der konnte es sein!

Schließlich wechselte er an ihren Tisch und stellte sich mit Siegfried vor. Immer noch fuhr ihr der Wind unter das Kleid und Siegfried versuchte den Stoff zu fangen. Als er das Kleid endlich in der Hand hatte, legte er seine Hand mit dem Saum darin auf ihrem Knie ab.

Diese Berührung auf der nackten Haut war angenehm. Nun hatte sie Zeit, Siegfried aus der Nähe zu betrachten. Durch das T-Shirt waren seine Muskeln deutlich zu erkennen und die kurzen braunen Haare gaben ihm etwas Jugendliches, obwohl er sicher fünf Jahre älter als Julia war.

Die Hitze seiner Hand ging ihr durch den Leib und war stärker, als die Wärme der Sonne, die sie zuvor gespürt hatte. Nun hätte sie den Wind unter ihrem Kleid gebraucht, damit er ihren Schoß kühlen würde.

Er bestellte zwei Gläser Rotwein und sie stießen an. Über das Glas hinweg musterte sie ihn weiter und sie spürte erneut dieses Kribbeln in ihrem Bauch.

Da war es wieder, das verliebte Gefühl, die Schmetterlinge waren zu neuem Leben erwacht.

Er ließ seine Hand weiter auf ihrem Knie und ein warmer Schauer zog sich jetzt von dort aus durch ihren ganzen Körper.

Er war jedenfalls sehr attraktiv, lächelte oft und unterhielt sich mit ihr. Zwar nur über belanglose Dinge, aber der Mann gefiel ihr schon sehr.

War er der richtige für sie? Würde sie jetzt ihren Schoß fragen, dann wäre die Antwort sicher eine Zustimmung gewesen!

Sollte sie es einfach probieren? Es kam auf den Versuch an und Julia wollte es. Ihr sich langsam öffnender Schoß wollte es!

Nun konnte sie es eigentlich nicht mehr erwarten, aber sie wollte Siegfried auch nicht bedrängen. Vielleicht sagten ihre Augen im Moment alles aus, denn schließlich bezahlte er ihre beiden Rechnungen und sie gingen Hand in Hand los.

Julia war nun heiß auf diesen Mann, aber sie hielt sich vornehm zurück. Nur nicht wieder versagen! Sie genoss einfach das Zusammensein mit ihm. Das würde es dann später einfach nur noch viel schöner machen!

Zusammen schlenderten sie durch die Gassen. Von Zeit zu Zeit blieben sie stehen und küssten sich. Diese Küsse waren herrlich. Abermals ein Mann, der gut zu küssen verstand.

Julia hatte nun vollkommenes Vertrauen zu ihm und begann sich in das Gefühl der Nähe zu ihm fallen zu lassen.

Sollte es ein neuer Versuch werden? Oder war das schon der Beginn einer neuen Beziehung?

Julia würde sich einfach darauf einlassen.

Und obwohl eine leise Stimme in ihr sie davor warnen wollte, erneut beim ersten Versuch mit ihm ins Bett zu gehen, war das doch sicherlich der einzige Test dafür, ob es klappen konnte.

Bisher hatten sie sich doch gut unterhalten, er war äußerst charmant und wenn es jetzt noch mit dem Sex funktionierte, warum dann nicht?

Demzufolge stimmte Julia zu, mit ihm in seine Wohnung zu kommen. Am Leuchten in seinen Augen sah sie, das ihm das wohl gefiel. Und ihrem Schoß auch!

Nach in paar Schritten waren sie in seiner Wohnung, die am Rande des Stadtzentrums lag, und diesmal schien alles gut zu werden.

Es war einfach nur schön. Siegfried streichelte sie und er konnte auch noch göttlich küssen.

Julia wollte an nichts denken, sondern einfach nur die Zweisamkeit und dieses unbeschreibliche Glücksgefühl genießen.

Langsam zogen sie sich gegenseitig aus, das Sommerkleid rutschte über ihre Schultern, ihren Hüften und glitt zu Boden. Slip und BH folgten, während sie ihn auszog.

Das T-Shirt hatte nicht gelogen. Siegfried war sicher auch oft im Fitnessstudio, denn seine Muskeln waren gut definiert und der flache durchtrainierte Bauch sprach ebenfalls dafür.

Ihre Finger glitten über seinen Leib und Julia genoss ihrerseits seine Streicheleinheiten auf ihrer nackten Haut.

Julia drückte sich an ihn heran und genoss die Liebkosungen des Mannes, seine Küsse auf ihrem Hals und das sanfte Streicheln über ihr Haar.

Siegfried nahm sich Zeit für sie und obwohl sie vor seinem Bett standen, hatte er es wohl nicht eilig damit, sie dort hineinzubekommen. Das sprach nun ebenfalls für ihn.

Besonders ansehnlich war auch der Strich von Haaren von seinem Nabel abwärts. Wie ein Pfeil schien dieser auf das zu zeigen, was sich nun langsam unter ihrer Hand zur vollen Größe aufrichtete.

Sein Glied war groß, aber es entsprach so ganz dem, was sie sich im Moment wünschte. Das pochende Gefühl in ihrem Schoß zeigte ihr an, dass sich ihre Scham schon geöffnet hatte. Die Feuchte hatte sei ja zuvor schon gespürt.

Schnell hatte sie ein Kondom aus der Handtasche genommen und ihm übergeben. Wortlos öffnete er die Packung, streifte es sich über und küsste sie erneut.

Das warme Gefühl blieb, doch dieses Mal wollte sie kein Risiko eingehen.

Julia drehte sich um, kniete sich auf das Bett und legte ihren Oberkörper auf das Betttuch, denn so brauchte sie ihn nicht ansehen und blieb in ihrer Vorstellung.

Der Mann kniete sich sofort hinter sie und schob mit seinen Knien ihre Beine ein Stück auseinander. Von hinten sie umfassend, liebkoste er zärtlich ihre Brüste, die sich seinen Händen verlangend entgegendrückten.

Dabei ließ er ihre Nippel aber aus und ihr gefiel das besonders, denn obwohl sie doch schon sehr feucht war, war das gelegentlich schmerzhaft und offensichtlich wusste er darum.

Sein mächtiges Glied rieb er indessen über ihren Hintern und glitt auch durch ihre gut durchblutete Vulva. Es schien erneut alles Blut dort gefangen zu sein, denn sie konnte ihren Herzschlag dort pochend spüren.

Siegfried war langsam und jeder andere Mann hätte nun schon zugestoßen und sich geholt, was er gewollt hätte. Er spielte mit ihr und das erregte sowohl sie, als auch ihn.

Stöhnend genoss sie dieses wunderschöne Vorspiel und Julia bemerkte, wie sich ihr Schoß empfangsbereit immer weiter für ihm öffnete. Nun hätte er auch ihre Nippel berühren können, denn die Feuchte ihrer Vorfreude lief schon über ihren Oberschenkel nach unten.

Offensichtlich bemerkte das auch Siegfried, denn nun glitten seine Hände zu ihren Hüften, umklammerten sie dort ziemlich fest und er schob sich zwischen ihre geschwollenen Lippen. Julia stöhnte laut auf, als sie ihn endlich in sich spürte. Langsam tauchte er in ihren Schoß ein.

Seine Eichel dehnte sie so wunderschön und als er über die ganze Länge in sie eingetaucht war, trafen seine Bälle ihre empfindliche Stelle. Julia schrie dabei auf und zuckte zusammen.

Die pure Lust überrollte sie von dieser Stelle aus. Alles war gut!

Julia keuchte, als er sich schneller in ihrer Scheide zu bewegen begann.

In ihren Gedanken war es Paul, der in ihr war und bei jedem Stoß stellte sie sich vor, dass ihr blauäugiger Freund Paul, von dem sie sich ja eigentlich gerade erst verabschiedet hatte, sie so intensiv verwöhnte.

Julia genoss es einfach geliebt und als Frau begehrt zu werden.

Doch mit einem Male war das schöne Bild verschwunden. Es löste sich sprichwörtlich im Nebel auf und sie dachte daran, dass sie Kurt und Beate genau in dieser Position damals in ihrem Bett vorgefunden hatte.

Die gerade noch empfundene Lust war fort und würde so schnell nicht mehr zurückkommen. Da würde sie an Paul denken können, wie sie wollte. Nun war der Betrüger Kurt in ihrem Kopf, der schnaufend seine Beate so gevögelt hatte. Und es war Kurt, der nun in ihr war!

Nun musste sie dieses Bild aus dem Kopf bekommen und das ging nur, wenn sie sah, wer da gerade in ihr steckte. Julia versuchte sich umzudrehen und den Mann hinter sich fortzuschieben, doch Siegfried war längst über jegliche Realitätseinflüsse hinaus.

Sie konnte es in seinen Augen sehen!

Er hielt sie einfach an den Hüften fest und diesem Griff konnte sie sich nicht entziehen.

Und auch dieser Blick half nichts! Das Verlangen nach Sex war fort!

Schnaufend trieb er sich immer tiefer in ihren Unterleib und mit jedem Stoß schob er sie auf dem Bett weiter nach vorn, bis sie auf dem Bett lag und er noch tiefer in ihren Schoß stoßen konnte.

Die Lust war nun fern und die Feuchte ihrer Scheide auch. Es begann wehzutun! Das lustvolle Stöhnen war einem Wimmern gewichen!

Julia biss sich auf die Lippe und hoffte, dass es schnell vorbei sein würde, dass er schnell zum Ende kam.

Nun lag er mit seinem ganzen Gewicht auf ihr und drückte sie auch noch nach unten. Der zuvor so schöne Schwanz bereitete ihr nun Schmerzen, aber er deutete ihr Jammern wohl als Ausdruck der Lust.

Schneller, härter und noch tiefer stieß er in dieser Position in sie hinein.

Endlich bäumte er sich auf und füllte stöhnend das Kondom mit seinem Samen.

Als er sich erhob und in das Bad ging, setzte sie sich im Bett auf und heulte los.

Das gute Gefühl war einfach dahin. Schon wieder!

Sollte das nun für den Rest ihres Lebens so bleiben? Gerade eben, noch nicht mal eine viertel Stunde zuvor, hatte sie ihn noch sympathisch gefunden, doch nun fühlte sie sich abermals benutzt und innerlich leer. Und ihr Schoß tat auch noch weh!

Mit wackeligen Beinen erhob sie sich von dem Bett, zog sich schnell an und rannte aus der Wohnung, bevor er aus der Dusche kommen würde.

Die Tür fiel hinter ihr mit einem Knall ins Schloss und sie eilte die Treppe hinunter.

Keine fünf Minuten Weg waren es bis zum Haltepunkt der Straßenbahn und diese kam auch gerade in dem Moment dort an, als Julia die Haltestelle erreichte.

Schnell stieg sie ein und setzte sich an das Fenster der Bahn. An nichts denkend sah sie aus diesem Fenster.

Nur verheulte Augen im Spiegel der Scheibe, ein Schoß, der gerade ziemlich brannte und ein flaues Gefühl im Bauch waren von dem Nachmittag geblieben, der so schön begonnen hatte.

Julia bemerkte, wie eine Straßenbahn auf der Gegenseite in die Haltestelle einfuhr und als ihre eigene losfuhr, sah sie diese blauen Augen zu ihr herüberblicken.

Keine zwei Meter entfernt, nur durch etwas Luft und zwei Straßenbahnfenster getrennt, saß ihr Traummann.

Julia hatte Paul gefunden!

Sie sprang auf und blickte zurück.

Dieselbe Linie nur in der anderen Richtung. Er hatte sie anscheinend ebenfalls bemerkt, denn auch er stand am Fenster und sie glaubte, ihn winken zu sehen.

Gerade erst am Tag zuvor hatte sie die Suche beendet und nun hatte sie ihn wiedergesehen.

Das warme Gefühl war zurück. Der Schmerz war fort!

Kurz danach rief sie Karoline an und erzählte ihr mit überschlagender Stimme von ihrer Begegnung mit Paul.

Wenig später traf sie, fast zum selben Zeitpunkt wie Karoline, an der eigenen Wohnung ein.

Die abgebrochene Suche, oder besser Jagd nach ihrem Traummann, musste neuerdings aufgenommen werden.

Aber wo?

Die alte Liste hatte ja nichts gebracht.

Julia erinnerte sich an die Straßenbahnlinie. War das der Schlüssel zum Erfolg?

Die verheulten Augen waren Geschichte, nun hüpfte ihr Herz erneut, so wie auch sie durch die Wohnung sprang.

Karoline hatte alle Mühe, sie auf das Sofa zu bringen, damit sie einen Plan fassen konnten.

9. Kapitel

Die Nadel im Heuhaufen

Wo sollte die neue Suche beginnen? Alle Plätze, an denen sie schon gesucht hatte, wollte Julia nicht noch einmal absuchen. Das wäre zu müßig gewesen.

Vielleicht half ihr ja die Linie der Straßenbahn weiter, in der sie ihn gesehen hatte.

Mit dem Linienplan der Bahn saß sie mit Karoline auf dem Sofa und sah sich die Haltestellen an. An einer davon musste er ausgestiegen sein.

Ein Umsteigen war nicht zu erwarten, denn von der Haltestelle ihres Zusammentreffens bis zur Endhaltestelle gab es keine Kreuzungen mit anderen Bahnen oder Bussen mehr.

Wo aber war sein Ziel gewesen? Da blieb ihr nur, die Aussteigehaltestellen eine nach der anderen abzuklappern.

Zum Glück hatte Julia eine Monatskarte, denn es waren ganz schön viele und mehr wie drei würde sie an einem Abend nicht schaffen.

An diesem Sonntag jedenfalls schaffte sie ebenfalls nur noch drei.

Sie suchte sich immer im Kreis um die jeweilige Haltestelle herum. Alles, was da öffentliche Plätze waren, wurde von ihr abgesucht.

Einige der Bars kamen ihr bekannt vor, doch viele hatte sie gar nicht auf ihrer ersten Liste gehabt. Könnte es sein, dass er in einer davon Stammgast war?

Sicher würde sie ihn ja nur finden können, wenn er jeden Abend dort war. Wenn er nur dienstags dort wäre und sie mittwochs in der Bar nach ihm suchte, dann würden sie sich verpassen!

Aber diesmal ließ sie sich keinen Raum für Resignation.

Das warme Gefühl in ihrem Bauch zog sie vorwärts. Allerdings suchte sie jetzt alleine, denn Maria hatte gerade keine Zeit, da sie an der Nordsee im Urlaub war.

Natürlich nutzte Julia die Gelegenheiten in der einen oder anderen Bar, um dort auch ein bisschen zu Feiern, aber sie blieb alleine.

Zwar ließ sie sich das eine oder andere Getränk ausgeben, doch die zwei nutzlosen Fehlversuche mit den Männern reichten ihr völlig.

Feiern, tanzen, etwas trinken, das ja, aber nach Hause ging sie schön alleine.

Ihr Herz und ihre Seele waren bei Paul und damit war für einen anderen Mann sowieso kein Platz.

Daher nutzte es auch nichts, dass einige der Männer sie offenbar auch auf dem Heimweg verfolgten und versuchten ihr einen Kuss oder wer weiß was zu rauben.

Schnell war sie meist zur Straßenbahn gelaufen und verschwunden.

Nur an einem der Abende hatte sie Pech.

Beim schnellen Laufen zur nächsten Haltestelle der Bahn knickte sie mit ihren High Heels auf dem Straßenpflaster um. Der sie verfolgende Mann holte sie dadurch ein und zog sie in einen dunklen Hauseingang.

Julia wehrte sich mit Händen und Füßen gegen ihn, aber er war einfach zu stark.

Schon hatte er ihr das Kleid hochgeschoben und seine Finger streiften den Bund ihres Slips, als auf ihre Schreie hin eine Gruppe von Frauen erschien, die gerade in einer Bar einen Junggesellinnenabschied gefeiert hatten.

Der Macht der zahlreichen Frauen konnte der Mann nicht widerstehen. Verprügelt von vielen Fäusten machte er sich schnell aus dem Staub.

Julia bedankte sich bei ihren Helferinnen.

Von nun an wollte sie nur noch am Tag durch die Bars ziehen und spätestens bei Einbruch der Dunkelheit zu Hause oder im Fitnessstudio bei Karoline sein.

Eine ganze Woche ging so ins Land.

Mittlerweile kannte sie jede Bar und jedes Kino. Sie staunte, wie groß diese Stadt wirklich war und das wo sie doch schon mehr als fünf Jahre hier lebte. Aber so intensiv hatte sicher noch nie jemand zuvor diese Stadt erkundet wie sie jetzt in diesen Wochen.

Julia hätte einen Reiseführer oder Blog mit Ausflugstipps schreiben können mit all den Dingen, die sie bei ihrer Suche so fand.

Lauter kleine versteckte Oasen, aber leider keinen Paul!

Es war, als suchte man eine Stecknadel in einem Heuhaufen. Oder auch im Gewimmel eines Ameisenhaufens.

Jeden Abend fiel sie erschöpft in ihr Bett. In ihren Träumen war sie nun neuerdings in seiner Nähe, aber wenn sie die Hand nach ihm ausstreckte, um ihn zu berühren, löste er sich auf und sie erwachte.

Jede Nacht dasselbe.

Irgendwie war sie kurz davor, abermals diese Suche aufzugeben.

Schließlich war sie am Ende des Planes angekommen. Am Morgen des Tages war sie noch auf Arbeit gewesen und hatte schon fast beschlossen, diesen Abend mit Karoline zu Hause auf dem Sofa mit einem Glas Wein zu verbringen. Aber diese letzte Nachforschung wollte sie noch machen.

Sie stieg in die Bahn und lehnte die Stirn an die Scheibe.

Fast eine halbe Stunde zuckelte die Straßenbahn durch die Stadt. An all den Haltestellen vorbei, die sie bisher schon kannte und die sie in der Woche besucht hatte. Dabei hörte sie die bekannten Ansagen.

Endlich erreichte die Bahn das Ende der Linie und fuhr um einen Wendepunkt herum. Ein von Menschen erfüllter Bahnsteig mit vielen, die zusteigen wollten, um zurückzufahren, und vielen in der Bahn, die dort aussteigen wollten.

Julia erhob sich und schob sich zu der sich öffnenden Tür.

Für einige Minuten blieb sie auf dem sich leerenden Bahnsteig stehen und sah sich um.

Das war nun die Endhaltestelle der Straßenbahn. Ein Shoppingcenter erhob sich unmittelbar dahinter. Hunderte Läden, tausende Menschen.

Hatte sie dieses Haus nicht schon einmal im Traum gesehen? War das eine Spur?

Doch jetzt begann erst einmal eine schier verzweifelte Suche in tausenden Gesichtern.

Es war Freitagabend und das Shoppingcenter war voller Menschen.

Immer wieder dachte sie, dass sie ihn gefunden hatte, doch immer waren es andere Männer, die sich umdrehten.

Gerade heute waren besonders viele Menschen hier. Das machte ihr einerseits Hoffnung, andererseits ließ sie das unüberschaubare Gewimmel auch zweifeln.

Für einen Moment, als sie am Infoschalter vorbei ging, dachte sie daran ihn einfach ausrufen zu lassen.

So nach dem Beispiel: „Julia sucht Paul! Bitte melde dich!"

Doch sie ließ es.

Es gab viele Cafés und auch eine Eisbar hier. In jeder konnte er sein. Oder auch in keiner.

Diese Suche brachte sie noch um ihren Verstand!

Schließlich gab sie es auf und beschloss nach Hause zu fahren.

Julia wandte sich dem Ausgang zu und blickte noch ein letztes Mal über die Vorhalle. Viele Paare, aber nur wenige einzelne Männer, die hier unterwegs waren.

Enttäuscht verließ Julia das Einkaufszentrum und hatte schon wieder jegliche Hoffnung verloren, Paul jemals wiederzufinden.

Mürrisch ging sie in Richtung der Haltestelle, als ihr ein junger Mann auffiel, der sich auf den Rand eines Brunnens vor dem Center stützte.

Mit dem Rücken zu ihr stand er dort. Die Statur und die Haare konnten die von Paul sein. Sie fasste sich ein Herz und fragte: „Paul? Bist du das?"

Er drehte sich um und Julia sah seine blauen Augen auf ein paar Meter Entfernung aufblitzen.

Es war Paul!

Sie hatte ihn gefunden!

Julia schrie vor Freude und stürzte auf ihn zu.

10. Kapitel
Gefunden und wieder verloren

*E*ndlich hatte Julia ihn gefunden! Sie fiel Paul um den Hals, ihre Lippen trafen die seinen und ihre Knie wurden weich.

Schnell zog sie ihn zu einer Bank, die direkt neben dem Brunnen stand, denn lange hätte sie sowieso nicht mehr stehen gekonnt.

Dort blieben sie in der Umarmung sitzen.

Schweigend und sich immer wieder küssend.

Als die Dämmerung einsetzte, zog sie ihn einfach hinter sich her.

Mit der Bahn fuhren sie durch die Stadt, sich weiterhin küssend und streichelnd. Seine Finger glitten durch ihr Haar und berührten zärtlich ihre Wange. Seine Lippen schmeckten so köstlich und Julia presste sich so nahe an ihn an, wie es nur irgend möglich war. Das tat einfach nur gut.

Die anderen Fahrgäste beachteten sie gar nicht, alles um sie herum war fern. Julia hatte nur Augen für Paul und es schien ihm ebenso zu gehen.

An ihrer Haltestelle, die sie beinahe verpasst hätten, stiegen sie aus der Bahn und liefen gemeinsam zu Julias Wohnhaus.

Nachdem sie zuvor sicher eine Stunde auf der Bank gesessen hatten, konnte es ihr jetzt nicht schnell genug gehen. Zusammen hasteten sie die Treppe hinauf und schon wenig später standen sie in ihrer Wohnung.

Warum sie gerade in ihre und nicht in seine gefahren waren, das wusste Julia nicht. Sie hatte ihn auch nicht gefragt, doch er hatte sich ja auch nicht dagegen gewehrt.

Sie blieben im Flur stehen und küssten sich lange. Die Schmetterlinge in ihrem Bauch drehten eine Runde nach der anderen.

Alles drehte sich in ihr und um sie herum.

Julia öffnete die Augen und sah, dass er wirklich in ihrer Wohnung stand und dass es nicht abermals nur ein Traum war.

Erneut fuhr Paul mit seinen Fingern durch ihre langen Haare und Julia drückte ihren Kopf regelrecht seiner Hand entgegen. Sie genoss einfach die Nähe zu ihm.

Langsam ging Julia nach hinten in Richtung ihres Schlafzimmers und zog Paul, ihn dabei immer wieder küssend, hinter sich her.

Für die fünf Meter brauchte sie sicherlich zehn Minuten, aber sie wollte dieses irre Gefühl in ihrem Bauch so lange wie nur irgend möglich auskosten.

Wochenlang hatte sie ihn gesucht und sich nach einem Kuss von ihm gesehnt, nach einer zärtlichen Berührung und nun genau in diesem Moment geschah es.

Schließlich standen sie in ihrem Schlafzimmer und schienen vollkommen miteinander verschmolzen.

Paul umarmte sie und zog sie an sich. Seine starken Arme taten ihr so gut. Er streichelte ihren Körper durch ihre Sachen hindurch und sie tat es ihm nach.

Ohne den Kuss zu lösen, zogen sie sich langsam gegenseitig aus.

Als sie nur noch Unterwäsche anhatte, setzte sich Julia auf die Bettkante. Sie holte ein Kondom aus der Nachtschrankschublade und wartete einen Moment, dann sah sie zu ihm auf.

Paul setzte sich, nur in seinen Boxershorts, neben sie und mit einem Mal war das Gefühl der Lust verschwunden.

Die Lust wandelte sich, aber es war anders, als bei den anderen beiden Männern.

Eine tiefe Vertrautheit machte sich in ihrem Bauch breit, so als ob sie Paul schon ihr ganzes Leben lang kannte. Julia legte das Kondom beiseite und schaute ihm einfach in die Augen.

Wie sie schon im Bad nur in den Badesachen gesessen hatten, so saßen sie nun halbnackt in

Unterwäsche nebeneinander auf dem Bett und Julia fing an über alles Mögliche zu reden.

Paul hörte zu und stimmte erst viel später in das Gespräch mit ein. Sie erzählten sich von ihren Lieblingsfilmen, Farben. Gerichten, Liedern und Julia begann zu berichten, in welchem Kindergarten sie gewesen war.

Das einzige, was bisher passierte, war, dass er ihr die Hand auf den nackten Oberschenkel gelegt hatte.

Ganz ruhig lag sie dort und ihre Augen hatten sich gegenseitig gefangen. Julia erzählte viel, doch noch mehr schienen sich ihre Augen gegenseitig mitzuteilen.

Stundenlang hatten sie halbnackt nebeneinander gesessen, als Julia bemerkte, dass es draußen schon wieder hell wurde. Die Sonnenstrahlen fielen durch die Lamellen der nicht ganz geschlossenen Jalousie und tauchten sie beide in ein blasses rosa Licht.

Paul löste sich ein Stück von ihr und erhob sich von der Bettkante.

Er ging in das Bad und als er daraus zurückkam, fragte er: „Soll ich Brötchen holen?"

Julia nickte und er zog sich an.

„Bis später", sagte er und war verschwunden.

Erst jetzt, nachdem er aus dem Raum gegangen war, fiel Julia auf, dass sie die ganze Zeit in ihrer Lieblingsunterwäsche dort neben ihm gesessen hatte. Kleine Bärchen und Enten waren auf ihrem Slip abgebildet.

Ein bisschen peinlich war ihr das im Moment schon.

Sie sprang vom Bett, lief in das Bad, ging schnell unter die Dusche und zog sich danach ihre beste Spitzenunterwäsche an. In ihren weißen Morgenmantel gehüllt föhnte sie sich anschließend ihre Haare.

Die Badtür ließ sie dabei allerdings offen, um sein Klingeln nicht zu überhören. Schnell drehte sie sich noch die Locken mit dem Lockenstab ein.

Perfekt frisiert, in ein gutes Parfüm gehüllt und bereit für Paul setzte sie sich in der Küche an den Tisch, schaltete die Kaffeemaschine an und wartete auf ihn.

Nun begann sie zu überlegen, was da gerade passiert war.

Nichts!

Sie hatte ihn so oft gesucht. Im Traum verfolgt. Sie war ihm hinterhergejagt und hatte die ganze Stadt nach ihm auf den Kopf gestellt und dann nichts?

Julia hatte sich so oft vorgestellt, wie er sie liebte und dann hatte sie einfach nur neben ihm gesessen, statt über ihn herzufallen, um zu sehen, wie es wirklich mit ihm war.

Ob er wirklich so ein zärtlicher Liebhaber war, wie sie ihn sich immer wieder vorgestellt hatte?

Seine Küsse waren himmlisch und zum Dahinschmelzen gewesen, aber wie war er im Bett?

Noch immer wusste sie es nicht, denn in der Nacht war da nur ein bisschen streicheln und küssen gewesen.

Warum?

Vielleicht erneut aus Angst, dass das Gefühl verschwand, wie es beim Sex mit den anderen beiden Männern gewesen war? Für einen Moment hätte sie sich Ohrfeigen können. Da hatte sie ihren Traummann halbnackt auf der Bettkante sitzen und sie erzählte ihm, dass sie im Kindergarten am liebsten rote Grütze gegessen hatte.

Das war doch nicht normal! Aber war die ganze Suche denn normal gewesen?

Drei Stunden später saß Julia immer noch dort am Küchentisch und wartete auf Paul.

„Brötchen holen", hatte er gesagt. War das so etwas wie „Zigaretten holen"?

Julia sah auf die Uhr, fluchte und die Wimperntusche verlief durch ihre Tränen.

„Ich bin so blöd!", rief sie schluchzend.

Vermutlich war er einfach verschwunden, als er sie nicht in das Bett bekommen konnte. Sicher hatte er nur auf eine passende Gelegenheit zur Flucht gewartet.

Sie zog das Telefon heran und wählte seine Nummer, die er ihr am Abend zuvor gegeben hatte.

„Der Teilnehmer ist momentan nicht erreichbar", hörte sie nur die Ansage.

Er musste sein Telefon abgeschaltet haben. Sie wischte sich die Tränen ab und rief Karoline an.

Nach einer halben Stunde traf die Freundin bei ihr ein.

Julia schüttete ihr das Herz aus und erzählte von dieser vermasselten Nacht.

Karoline versuchte sie zu trösten, doch so richtig gelang ihr das nicht.

Traurig zog sich Julia einen alten Jogginganzug an und ließ sich mit einer großen Packung Taschentücher neben ihrer Freundin auf dem Sofa nieder.

Immer wieder heulte sie in die Taschentücher, die sich schon bald als ein großer zusammengeknüllter Berg von weißen Kügelchen auf dem Tisch zeigten.

Der Kummer und der Schmerz waren so groß, dass sie kaum Trost fand. Doch welcher Schmerz eigentlich? Der, das sie ihn verloren hatte, oder

der, dass sie so blöd gewesen war, ihn einfach so gehen zu lassen?

Sie konnte es selbst nicht sagen. Vielleicht beides.

Kuscheln, schmusen, sich streicheln, küssen, sich ihm hingeben, wilden Sex haben und danach miteinander einschlafen, all das hätte sie tun können.

Und was hatte sie getan?

Ihn mit ihren alten Geschichten und Geschichtchen gelangweilt und schließlich in die Flucht geschlagen.

Eine neue Packung Taschentücher musste her!

Bis zum Abend saßen sie zusammen auf dem Sofa, wo sie den Tag dann mit ein paar Gläsern Wein beendeten, die ihr schließlich, als sie genug davon hatte, den Kummer vertrieben.

Am nächsten Morgen wachte Julia mit einem ziemlichen Kater im Bett neben Karoline auf. Sie trug immer noch diese wunderschöne Spitzenunterwäsche, mit der sie eigentlich Paul beeindrucken wollte.

Die Freundin hatte sie vermutlich am Abend noch ausgezogen und in das Bett gebracht.

Danach war Karoline offenbar nicht mehr nach Hause gegangen, sondern bei Julia geblie-

ben und ebenfalls in Unterwäsche neben ihr eingeschlafen.

11. Kapitel
Männer oder Frauen

Immer noch liefen bei Julia die Tränen, aber diesmal waren es Tränen der Wut.

Während Karoline unter die Dusche ging, setzte sich Julia in die Küche und schaltete die Kaffeemaschine ein.

Das Blubbern der Maschine übertönte ihr Schluchzen. Durch die offene Tür konnte sie in die Stube sehen. Zornig auf Paul stopfte sie die Taschentücher des Vorabends in den Papierkorb.

Nun wischte sich Julia die letzten Tränen ab, goss anschließend zwei Tassen Kaffee ein und trat an den Küchentisch.

In ein weißes Duschtuch gehüllt und die Haare mit einem weiteren Handtuch abtrocknend kam ihre Freundin zurück und nahm sich eine der beiden Tassen, die Julia ihr hinhielt.

Sie setzten sich auf die beiden Stühle und sahen sich schweigend an. Wut, Schmerz, Enttäuschung und Zorn wechselten sich in Julias Bauch ab. Am Morgen des Tages zuvor war es noch Liebe und Vertrautheit gewesen.

Was sollte nun werden? Julia wusste nichts mehr. Der Kummer hatte alles überlagert.

Nach dem Kaffee warf Julia ihre Spitzenunterwäsche zornig in den Wäschekorb.

Hätte es etwas genutzt, wenn sie die schon am Abend angehabt hätte? Vielleicht! Aber das wäre dann sicher auch nicht richtig gewesen. So viele „Wenn" und „Aber" sausten durch ihren Kopf.

Ihr Blick fiel auf das Kondom, das unbenutzt auf ihrem Nachtschrank lag. Noch ein „Wenn"!

Wäre Paul vielleicht geblieben, wenn sie einfach nur in der Nacht wilden Sex gehabt hätten? Oder wäre er dann jetzt auch schon fort, weil er dann bekommen hätte, was er gesucht hatte?

Julia schob das Kondom in die Schublade zurück und ging nackt in das Bad hinüber.

Einen Augenblick später stand sie unter der Dusche. Das warme Wasser tat ihr gut. Es schien den Schmerz abzuwaschen, der aber sicher noch immer tief in ihr verborgen steckte.

Karoline hatte sich angezogen und war Julia ins Bad gefolgt. Sie setzte sich auf eine kleine Bank im Bad, während sich Julia vor ihr abtrocknete und danach die Haare föhnte.

Für ein paar Minuten waren die Tränen versiegt und abermals erzählte Julia alles über ihr Treffen mit Paul. Zum wievielten Mal eigentlich?

Karoline verdrehte fast die Augen, aber sie verstand sicher auch ihre Freundin. Zumindest blieb sie auf der Bank und ergriff nicht ebenfalls die Flucht vor Julias Erzählungen.

„Kann es sein, dass Paul verschwunden ist, weil ich nicht mit ihm ins Bett gegangen bin?", fragte Julia und blickte die Freundin über den Spiegel an.

Karoline zuckte aber nur mit den Schultern.

„Warum habe ich mit Männern nur so viel Pech? Erst Kurt, der Betrüger, dann die beiden anderen Nieten und nun Paul. Muss so etwas sein?", fragte Julia laut sich selbst und bekam natürlich keine Antwort.

Sie hörte auf ihr Gefühl, aber das war anscheinend gerade mit etwas anderem beschäftigt.

Nur der tief in ihrer Seele sitzende Schmerz meldete sich erneut. Es zog in ihrem Bauch und krampfte sich zusammen.

„Männer!", begann Karoline. „Ich weiß schon, warum ich auf Frauen stehe!", beendete sie den Satz und erschrak, weil sie ihn laut gesagt und nicht nur, wie sicher beabsichtigt, gedacht hatte.

Julia stellte den Föhn ab und schlang erschrocken das Handtuch um ihren nackten Körper. Sie bekam einen roten Kopf und Karoline eilte aus dem Badezimmer.

Sicher wollte sie Julia dadurch die Zeit zum Verarbeiten dieser Nachricht geben. Dieses unbeabsichtigte Outing der Freundin ließ viele Gedanken durch Julias Kopf sausen.

Jedes Wort der Freundin, jede Handlung, alle Blicke, jede flüchtige Berührung zwischen ihnen beiden wurde umgedeutet.

Karolina hatte sie am Abend ausgezogen! Sie hatten bis vor ein paar Minuten noch in Unterwäsche zusammen in einem Bett geschlafen! Und gerade eben hatte Julia nackt vor der Freundin gestanden!

Sie grübelte nach, aber nie hatte Julia etwas gemerkt, obwohl sie doch immer über alles geredet hatten. Nur Männer waren eben bei Karoline in den letzten Jahren nicht mehr im Gespräch gewesen, das fiel Julia nun besonders auf.

Sicher war es ihrer Freundin nicht leicht gefallen darüber, und sicher über den Schmerz, den so eine Beziehung mit sich brachte, mit niemandem reden zu können.

Oder gab es da zwischen Frauen keinen Schmerz? Nur Harmonie? Das konnte sich Julia nicht vorstellen.

Sie legte den Föhn zurück und ging in das Schlafzimmer, wo sie sich schnell anzog. Für einen Moment drehte sie sich um und sah zurück, ob sie nicht von der Freundin beobachtet wurde, doch das waren sicherlich alles abwegige Gedanken.

Schon oft hatten sie sich im Fitnessstudio zusammen aus- und angezogen und waren dort sogar zusammen nackt in der Sauna gewesen.

Mit frisch angezogenen Sachen ging sie in die Wohnstube, wo die Freundin auf dem Sofa wartete. Julia setzte sich in den Sessel und hatte so den Tisch zwischen sich.

Irgendwie war das doch kindisch. Dachte sie wirklich, dass die Freundin nun über sie herfallen würde? Was hatte sich durch das Outing zwischen ihnen geändert?

Nichts! Sie waren immer noch die Freundinnen, die sie am Tage zuvor gewesen waren.

Aber nun wollte sie alles Wissen, vielleicht würde sie das von ihrem Schmerz ablenken und eventuell auf einen neuen Weg bringen.

„Und? Wie ist das so mit Frauen?", fragte sie Karoline vorsichtig.

Die Freundin zeigte auf den Platz neben sich.

„He! Ich bin deine Freundin Karoline! Ich beiße dich nicht!"

Julia erhob sich aus dem Sessel und ging langsam um den Tisch. Danach setzte sie sich zu ihrer Freundin, behielt aber dennoch einen kleinen Abstand.

„Du brauchst keine Angst vor mir zu haben. Ich stehe nicht auf dich. Dafür kennen wir uns schon viel zu lange", sagte Karoline.

„Irgendwie habe ich immer Pech mit Männern", begann Julia noch einmal und schaute die Freundin dabei an.

Karoline nippte an ihrem Kaffee und überlegte. „Männer und Frauen sind eben unterschiedlich", antwortete sie schließlich.

„Wie zwei vollkommen unterschiedliche Arten", setzte sie nach einem weiteren Schluck Kaffee fort.

Julia griff sich ihre Tasse und war nun auf Karolines Ausführungen gespannt.

„Ich hatte auch viele Fehlversuche. Irgendwann habe ich dann Sabrina im Fitnessstudio getroffen. In der Sauna. Da konnte man sich nicht hinter dem Schein verstecken. Wir haben uns gleich gut verstanden und viel miteinander gelacht",

„Und nun?", fragte Julia.

„Irgendwann sind wir eben im Bett gelandet. Es hat sich einfach so ergeben. Wir halten unsere Beziehung geheim. Es gibt zu viele Idioten, die damit nicht klarkommen. Auch meine Nachbarinnen. Falls Sabrina da irgendwann mal gesehen würde, wüsste es am nächsten Tag die halbe Stadt", antwortete Karoline traurig.

Erneut nippte sie am Kaffee und sah in die Tasse. „Ich finde es wichtig miteinander reden zu können. Spaß zu haben, die gleichen Interessen zu haben. Männer sind meist nur auf eine schnelle Nummer aus. Die erzählen dir alles Mögliche, nur um dich ins Bett zu bekommen. Bei Sabrina ist das anders. Wir lachen viel und sie ist so zärtlich. Nur kann sie eben nicht zu mir und ich nur selten in ihre WG."

„Bei Paul ist das auch anders. Dachte ich zumindest bis gestern. Bis er mich hier hat sitzen lassen", antwortete Julia zornig. „Bring doch deine Sabrina mal mit", setzte Julia hinzu und sah die fragenden Augen der Freundin.

Sie nickte ihr zu und Karoline griff zu ihrem Telefon.

Nicht mal eine Stunde später war Sabrina da. Eine zierliche, schlanke Frau mit kurzen braunen Haaren etwas jünger als Julia.

Zusammen saßen sie um den Tisch und erzählten, als ob sie sich schon ewig kennen würden. Sabrina schien da ziemlich unbekümmert und offen zu sein.

Nun steckte die Fröhlichkeit der beiden Freundinnen Julia an und der Kummer war schnell vergessen.

Oder zumindest vorerst verdrängt.

Den ganzen Tag lachten und quatschten sie, bis es zu einem langen Mädelsabend vor dem Fernseher wurde. Karoline und Sabrina saßen

Händchen haltend auf dem Sofa und Julia im Sessel.

Immer wenn sie kurz aus dem Zimmer ging, küssten sich die beiden Frauen, wie Julia aus dem Augenwinkel sehen konnte.

Als der Film zu Ende war und Sabrina nach Hause gehen wollte, bot Julia den beiden Freundinnen ihr Bett für die Nacht an und blieb auf dem Sofa.

Die glücklichen Augen der beiden Frauen halfen ihr weiter über ihren Schmerz hinweg und am nächsten Tag würde sie wieder auf Arbeit müssen.

Julia zog die Decke über sich und schloss die Augen. Aber der Schlaf kam nicht. Die Geräusche aus ihrem Schlafzimmer lenkten ihre Gedanken zu dem Freund und Paul war erneut in ihrem Kopf.

Warum nur?

Er hatte sie doch einfach so sitzen lassen.

Abermals durchnässten ihre Tränen das Kissen.

12. Kapitel

Im Zorn

---

*J*ulia schreckte hoch und sah sich um. Sie lag auf dem Sofa. Direkt neben ihr standen drei leere Gläser auf den Tisch und daneben lag eine zusammengeknüllte Chipstüte. Im Traum, gerade eben, hatte sie Paul noch vor sich gesehen und nun?

Ganz kurz war der Schmerz der Trennung in ihr und dann kam der Zorn der Verlassenen und Verschmähten abermals in ihr hoch.

Julia musste an Paul denken und irgendwie zerriss sie das Durcheinander der Gefühle in ihrem Bauch.

Es grummelte darin und knurrte sie an, als wäre ein wildes Tier darin gefangen.

Im Traum war er ihr nahe gewesen. Hatte sie gehalten und geküsst. Sie waren zusammen nackt auf die Couch gefallen. Doch jetzt, beim Aufwachen, war sie alleine auf ihrem Sofa.

Sie erhob sich, legte die Decke zusammen, öffnete die Schlafzimmertür und sah die beiden Frauen, die eng umschlungen und nackt in ihrem Bett schliefen.

Vorsichtig weckte sie Karoline, indem sie ihre Freundin an der Schulter rüttelte.

„Guten Morgen", sagte Karoline und weckte damit Sabrina, die sich neben der Freundin im Bett zu räkeln begann. Sabrina war wirklich gut gebaut und im Licht des neuen Tages einfach wunderschön.

Julia ging in das Bad, als sich die beiden Freundinnen mit einem Kuss begrüßten.

Ein paar Minuten später waren sie zu dritt im Badezimmer und versuchten sich irgendwie darin zu organisieren, obwohl es eigentlich schon für zwei zu klein war.

Vor dem Spiegel trafen sie sich und nahmen Julia in ihre Mitte.

Sabrina gab ihr einen Kuss auf die Wange und Julia erstarrte.

„Als Dankeschön, mein Engel", sagte die Frau.

Damit machte sie es für Julia auch nicht einfacher.

„Könnten wir das noch einmal machen?", fragte Karoline von der anderen Seite.

Julia nickte und erhielt dafür von zwei Seiten einen Kuss auf die Wange. Schnell tauchte sie lachend nach unten weg.

Die beiden Freundinnen trafen sich zu einem Kuss und Julia ging an ihren Kleiderschrank, um ihre Sachen für die Arbeit zusammenzusuchen. Dabei dachte sie an die beiden im Bad und an die schöne Beziehung die diese Frauen trotz aller Widrigkeiten hatten.

Der Zorn über das Verschwinden von Paul stieg von vorn in ihr hoch. Gleichzeitig war da aber auch noch Liebe tief in ihr.

Mit ihren Sachen in der Hand stand sie da und hörte auf das Grummeln in ihrem Bauch.

Liebe und Zorn kämpften in ihr und die Tränen des Verlustes ließen das gerade eben aufgetragene Make-Up zerlaufen.

„Verdammt, nun muss ich wieder in das Bad", schluchzte sie und wischte sich mit dem Handrücken Tränen und Wimperntusche gleichzeitig ab.

Schnell zog sie sich an und lief zurück ins Badezimmer, aus dem ihr die beiden anderen Frauen gerade strahlend entgegen kamen.

Eilig huschte sie in den kleinen Raum hinein, damit die beiden die verlaufene Tusche nicht sahen.

Karoline und Sabrina waren allerdings so sehr mit sich selbst beschäftigt, dass sie wohl kaum auf Julia achten würden.

Sie entschied sich, an diesem Tag auf das Make-Up zu verzichten. Von draußen hörte sie, wie Karoline und Sabrina: „Bis bald", riefen und dann die Tür zufiel.

Liebe oder Zorn? Trauer oder Wut? Was überwog in ihr?

Zuerst würde sie Paul finden müssen! Dann konnte sie eine Entscheidung treffen, ob sie ihn küssen oder anschreien wollte.

Nur wie sollte sie ihn finden? Hatte sie eine Spur? Sie setzte sich an den Küchentisch und dachte an den Abend sowie die Nacht mit Paul.

Noch waren die Erinnerungen frisch. Was wusste sie nun von ihm? Mehr als zuvor? Sie lief zurück in das Schlafzimmer, setzte sich auf die Kante des Bettes, auf der er gesessen hatte.

Wie lange war das jetzt her? 48 Stunden?

Julia hatte zwar den Nachnamen, aber keine Adresse. Angestrengt dachte sie daran, was er ihr alles erzählt hatte und stellte fest, dass sie die meiste Zeit geredet und er fast nur zugehört hatte.

Ihr Blick fiel auf das Telefon. Seine Nummer hatte sie ja wenigstens. Sollte sie ihn anrufen? Würde er dieses Mal rangehen?

Julia drückte auf die Wahltaste und es klingelte. Nach ein paar Signalen meldete sich eine Frau. Ohne darüber nachzudenken, wer es sein könnte, drückte Julia den Anruf fort und warf das Telefon vor Wut an die Wand.

Paul hatte eine Freundin! Damit wusste sie nun, dass er wirklich geflüchtet war, weil er sie nicht ins Bett bekommen hatte.

„So ein Schwein!", rief sie und erhob sich vom Bett. Auf dem Weg in die Küche blickte sie auf die Teile des zerstörten Telefons auf dem Fußboden und schob diese mit dem Fuß zusammen.

Der Zorn hatte gewonnen und dabei das Telefon als erstes Opfer gefordert.

Julia zog die Jacke an, nahm die Handtasche und trat in den Flur. Jetzt fiel ihr ein, dass sie zusammen mit Paul die Wohnung betreten und diese seitdem nicht mehr verlassen hatte.

Mit der Klinke in der Hand stand sie da.

Der Zorn, der gerade ihr Telefon zerstört hatte, war verschwunden. Nun war die Liebe zu Paul zurück. Dieses Wechselbad der Gefühle machte es für sie auch nicht leichter!

Schweren Herzens riss sie sich von dem Gedanken an ihn los und verließ die Wohnung.

Schnell lief sie zur Straßenbahn, denn sie hatte schon viel zu lange getrödelt und wollte nicht auch noch zu spät in ihrem Büro sein.

Auf ihrer Arbeit machte sie sich erneut einen Plan, wo sie ihn finden sollte. Die alte Liste der Haltestellen wurde neuerdings hervorgekramt, nur diesmal von der Endhaltestelle zum Zentrum zurück.

Aber an diesem Abend war bei ihrer Suche kein Erfolg zu sehen.

Auch an den darauf folgenden Abenden blieb die Nachforschung ergebnislos.

Hatte sie überhaupt eine Chance, ihn zu finden? Oder ging er ihr sogar aus dem Weg?

Wie lange hatte sie gesucht, bis sie ihn gefunden hatte? Viel zu lange! Sollte das nun alles noch einmal von vorn geschehen?

Vielleicht trübte der Zorn ihren Blick, aber sie wollte Paul zur Rede stellen.

Langsam verrauchte ihr Zorn und der Schmerz setzte sich in ihr fest.

Schmerz und Liebe führten nun ihre Wege, aber bis zum Freitagabend hatte sie ihn nicht gefunden.

So viele Männer in der Stadt, die sie mit ihren Partnerinnen Händchen haltend sah, nur eben kein Paul. Und ihre Hand blieb ebenso leer.

Jeden Mann, der einzeln unterwegs war, schaute sie sich ganz genau an.

Aber vielleicht hatte Paul ja auch eine Freundin? Wer war die Frau am Telefon gewesen? Das war ja immer noch entzwei und würde auch nie mehr funktionieren.

Zusammen mit Sabrina und Karoline saß sie am Freitagabend auf dem Sofa und als sie die beiden Freundinnen händchenhaltend dort sitzen sah, wurde der Schmerz nur noch viel größer.

Die Tränen schossen nur so aus ihr heraus und die beiden anderen Frauen versuchten sie zu trösten.

Nur der von Karoline in einer Verkaufsstelle schnell besorgte Schokoladenpudding half gegen den Kummer.

Zu dritt löffelten sie den Eimer leer.

13. Kapitel
Eine schlimme Feststellung

&s war Sonnabend früh und die beiden Freundinnen schliefen noch im Schlafzimmer. Leise schlich Julia in das Bad, duschte und machte sich fertig.

Als Dank für den Trost der Freundinnen am Abend zuvor wollte Julia für sie alle einen schönen Frühstückstisch decken. Sie schaltete die Kaffeemaschine an und nahm den Schlüssel vom Schlüsselbrett im Flur.

Für einen Moment stutzte sie, denn genau eine Woche zuvor hatte sich Paul beim Brötchen holen einfach so verdrückt.

Ihre Hand krampfte sich um den Schlüssel, bis es weh tat, dann schloss sie die Tür auf, verließ die Wohnung und ging langsam die Treppe hinab.

Noch war es ziemlich früh und es war wenig los vor dem Haus. Ein paar Menschen gingen an ihr vorbei und am Himmel begann sich das Dunkel der Nacht aufzuhellen.

Die ersten Sonnenstrahlen fielen zu ihr herunter und sie schloss für einen Moment die Augen.

Vor dem Haus sah sie die Bäckerei auf der anderen Straßenseite und lief los.

Ein Auto hielt mit quietschenden Reifen nur etwas weniger als einen Meter neben ihr.

Fast hätte es sie mit der Stoßstange berührt und der Fahrer hupte.

Julia hob entschuldigend die Hände und lief schnell weiter. Diesmal schaute sie aber nach links und rechts.

Wenig später war sie vor der Tür des Geschäfts und sah noch einmal zurück.

„Das war ganz schön knapp gewesen", dachte sie und der Schreck steckte ihr immer noch in den Gliedern. Sie drehte sich zum Laden um und drückte die Klinke herunter.

Die Türklingel läutete und die Bäckersfrau stand schon neben ihr an einem Fenster.

„Kindchen! Das hätte übel ausgehen können!", sagte die alte Frau und ging zu ihrem Verkaufstresen. „Was soll es denn sein?", fragte sie.

Julia wählte aus der Auslage das aus, was sie haben wollte.

Als die alte Frau ihr die Tüte übergab, ermahnte sie Julia noch einmal: „Nimm bitte die Ampel an der Kreuzung!"

Julia nickte und drehte sich schon zur Tür.

„Vor einer Woche gab es da nämlich einen schlimmen Unfall", sagte die Frau noch und wollte in die Backstube gehen.

Julia stutzte und drehte sich noch einmal um.

„Vor einer Woche? Wann genau?", fragte sie.

Die Bäckersfrau kam zurück und zeigte auf die Straße vor ihrem Fenster.

„Genau da. Ganz früh am Morgen wurde da ein junger Mann angefahren. Die Polizei und der Rettungswagen waren da. Der Autofahrer ist geflohen, obwohl er ja nichts dafür konnte. Der Mann war ihm ja vor das Auto gelaufen", erklärte sie.

Julia beschrieb Pauls Aussehen und die Frau nickte zur Bestätigung.

„Ja, das war er. Mein Mann hat erste Hilfe geleistet!", setzte sie noch hinzu.

Julia umarmte die überraschte Frau und lief schnell zur Kreuzung, die nur etwa fünfzig Meter entfernt war.

Sie wartete bis die Ampel grün zeigte, auch wenn sie es kaum abwarten konnte, und rannte danach zurück in ihre Wohnung.

Sie warf die Brötchen in der Küche auf den Tisch und stürmte in das Schlafzimmer.

„Ich habe ihn!", rief sie und weckte damit ihre beiden Freundinnen.

Verschlafen tauchten die beiden aus dem Bett auf.

„Wen?", fragte Karoline.

Julia erzählte ihre Informationen vom Bäckergeschäft.

Schnell saßen sie in der Küche und überlegten bei Brötchen und Kaffee, wie sie Paul nun finden konnten.

„Sicher hätte er sich gemeldet, wenn er gekonnt hätte!", sagte Julia.

Karoline zeigte auf das zerstörte Telefon, das immer noch auf der Küchenanrichte lag. „Wie denn?", fragte die Freundin.

„Er hat doch meine Adresse!", gab Julia ihr zurück.

„Wie finden wir ihn nun?", fragte Sabrina.

Julia entgegnete: „Ich wähle die 112!"

Karoline hielt sie zurück und sagte: „Die Nummer ist nur für Notfälle! Und das ist keiner!"

„Für mich schon!", entgegnete Julia entschlossen und versuchte das Telefon der Freundin zu sich zu ziehen.

Karoline legte ihre Hand darauf und schaute die verzweifelte Freundin an.

„Wir müssen zur zuständigen Polizeiwache oder das Krankenhaus finden", antwortete Sabrina.

„Geben die mir denn Auskunft?", erwiderte Julia zweifelnd.

Sabrina hob die Schultern.

Karoline entgegnete: „Wir werden sehen."

Die beiden Freundinnen duschten gemeinsam, dann zogen sich alle schnell an und machten sich fertig.

Wenig später waren sie auf dem Weg zur nächsten Polizeiwache.

In der Wache saß eine junge Frau hinter dem Schreibtisch und füllte gerade eine Akte aus.

Julia wartete, bis die Frau damit fertig war, obwohl sie es immer noch kaum erwarten konnte, etwas zu erfahren, und fragte dann, ob sie wüsste, wo ihr Freund geblieben war.

Noch einmal schilderte sie den Unfall aus der letzten Woche und die Polizistin hörte ihr aufmerksam zu.

Schließlich suchte sie ein Dokument in ihrem Computer und nannte danach den Namen des Krankenhauses, in das man Paul gebracht hatte.

Würde er noch dort sein? Vermutlich ja, denn er hätte sicher versucht sie zu erreichen, wenn er schon entlassen worden wäre.

Das hoffte Julia zumindest und hielt sich an dieser Hoffnung fest.

Wie hatte sie nur glauben können, dass er sie verlassen hatte?

Jetzt in diesem Moment schmerzte sie diese Erkenntnis noch viel mehr. Überall hatte sie ihn gesucht, nur an das Naheliegendste, dass ihm vielleicht etwas passiert war, hatte sich nicht gedacht.

Vermutlich hatten sie ihn gerade unten auf der Straße in den Rettungswagen verladen, als sie oben in der Küche auf ihn gewartet hatte. Und als Karoline mit dem Fahrrad vor dem Haus angekommen war, war schon alles wieder aufgeräumt und wie immer.

Fast schämte sie sich nun für ihre Vorwürfe gegenüber Paul, der sich noch nicht mal dagegen wehren konnte.

So schnell sie konnten, liefen sie von der Wache zur nächsten Straßenbahnhaltestelle. Von dort aus fuhren sie mit der Bahn zu dritt zu dem Krankenhaus, das am anderen Ende der Stadt lag.

Ein großes, graues und schmuckloses Gebäude mit einer großen Glasfront lag direkt gegenüber der Haltestelle.

Sie betraten die Empfangshalle und Julia ging an die Rezeption. Sie fragte nach ihrem Freund und hörte von der Schwester: „Er ist bei uns. Gehören sie zur Familie?"

Julia schüttelte den Kopf. „Ich bin seine Freundin!", entgegnete sie nur.

„Ich darf ihnen leider nichts sagen!", beendete die Frau das Gespräch.

„Welche Station ist es denn?", fragte Julia fast bettelnd.

Die Schwester zeigte auf einen Fahrstuhl. Damit hatte sie nichts gesagt, aber Julia dennoch geholfen, ihn zu finden.

Julia nickte ihr dankbar zu und fuhr zusammen mit ihren Freundinnen zur Station hoch.

Als sich die Aufzugtüren öffneten, liefen sie fast in eine ältere Krankenschwester hinein, die gerade etwas in den Aufzug bringen wollte.

Sie stand den dreien im Weg und als sie sich an ihr vorbeimogeln wollten, versperrte die Frau ihnen mit ausgebreiteten Armen den Durchgang.

14. Kapitel

Tage der Angst

Verzweifelt standen die drei Freundinnen vor der Aufzugtür, die sich gerade hinter ihnen schloss. Es war kaum Platz zwischen der Wand und der Schwester, die mit einem kleinen Wagen voller Bettwäsche direkt vor ihnen stand.

„Ich möchte zu Paul", sagte Julia.

„Gehören sie zur Familie?", fragte die Schwester.

„Ich bin die Freundin!", entgegnete Julia, aber die Schwester schüttelte den Kopf.

„Seine Familie hat nichts von einer Freundin gesagt. Bitte gehen sie wieder!", dann schob die Frau die drei Frauen zur Tür zurück und presste sie damit fast an die Wand.

Julia jammerte und wollte nicht so nahe vor dem Ziel aufgeben. Sie stemmte sich gegen die Schwester und ein kleines aber lautes Handgemenge entstand.

Eine der Türen öffnete sich und eine junge Frau steckte den Kopf zur Tür heraus. Vermutlich war sie durch den Lärm auf dem Flur aufmerksam geworden.

Und offensichtlich hatte sie auch mitbekommen, worum es ging, denn sie fragte laut: „Bist du Julia?"

Julia sagte: „Ja!"

Sie erkannte die Frau, mit der sie im Strandbad zusammen Volleyball gespielt hatte.

„Sie kennen diese Frau?", fragte die Schwester über die Schulter und die junge Frau nickte. „Na gut, sie dürfen durch. Die anderen beiden gehen aber bitte sofort wieder!", erklärte die Schwester und nahm die Arme herunter.

Julia verabschiedete sich von ihren beiden Freundinnen und diese stiegen anschließend in den Aufzug.

Die Schwester mit dem Wagen folgte ihnen und die Türen des Liftes schlossen sich.

Julia stand im Gang und die andere Frau kam auf sie zu.

„Hallo. Ich bin Monika, Pauls Schwester. Hat er dich doch noch gefunden? Oder du ihn?", fragte sie.

Julia nickte.

„Paul geht es nicht so gut. Er liegt seit fast einer Woche im künstlichen Koma. Bitte sei leise und komm mit", erzählte Monika und nahm Julia bei der Hand.

Sie betraten einen halbdunklen Raum, in dem viele Geräte piepten und seltsame Geräusche von sich gaben. Im Bett lag Paul mit verbundenem Kopf. Viele Drähte und Schläuche führten zu ihm hin. Er war bleich und hatte die Augen geschlossen.

Endlich hatte sie ihn wieder.

„Wie lange wird er noch so liegen?", fragte sie Monika flüsternd.

Die hob nur die Schultern und entgegnete leise: „Das wissen die Ärzte nicht, aber wir können ja dann noch mal fragen."

Julia umarmte sie dankbar und setzte sich an Pauls Kopfende. Sie nahm seine Hand, drückte sie und hielt sie ganz fest.

„Möchtest du einen Kaffee?", fragte Monika.

Julia nickte und Monika verließ das Zimmer. Wenig später war sie mit zwei Bechern zurück. Einen davon gab sie Julia und nun warteten sie am Bett auf die tägliche Visite.

Eine Stunde fiel kein Wort in dem Raum, nur das monotone Summen und piepsen war zu hören.

Bedrückt schaute Julia auf ihren Paul herunter. Sie machte sich große Sorgen um ihn. Hätte sie doch nur gesagt, dass er keine Brötchen holen brauchte. Dann wäre er nun nicht hier.

Julia spürte, wie die Tränen bei ihr aufstiegen, aber sie schluckte sie herunter. Sie wollte nicht vor Monika hier losheulen und Paul würde es ja auch nicht helfen. So blieb sie mit dem Rücken zum Fenster einfach nur stumm sitzen.

Sie hatten Paul zwischen sich genommen und auf jeder Seite des Bettes saß eine Frau.

Monika hielt eine von Pauls Händen und Julia die andere.

Endlich öffnete sich die Tür. Julia blickte auf und sah einen jungen Arzt in das Zimmer eintreten. Er ging an ihr vorbei und prüfte ein paar der Geräte.

Wenig später kamen einige andere Männer und Frauen in weißen Kitteln und untersuchten Paul, während Monika und Julia vor dem Zimmer auf das Ergebnis der Untersuchung warten mussten.

Als die Doktoren dann wieder das Zimmer verließen, erklärte einer von ihnen mit vielen wissenschaftlichen Bezeichnungen die Situation.

Weder Monika noch Julia verstanden auch nur ein Wort von dem, was er ihnen erzählte und vermutlich sah er ihnen das auch an, denn mit einfachen Worten wiederholte er, dass der Heilungsprozess vorwärtsging, aber erst in den nächsten Tagen klar sein würde, welche Schäden Paul nach dem Unfall davon tragen würde.

Julia erschrak und fragte den Mann, was sie für Paul tun konnte.

Der Doktor sagte nur: „Für ihn da sein. Seine Hand halten. Vorlesen, Musik für ihn spielen."

Julia bedankte sich und der Arzt ging.

„Ich bleibe bei ihm", legte Julia fest.

Monika entgegnete: „Wir lösen uns gegenseitig ab!"

Dankbar nickte Julia.

Monika holte ihre Handtasche, verabschiedete sich mit einer Umarmung und ging.

Einen Augenblick später saß Julia erneut an Pauls Bett und begann etwas zu singen.

Liebevoll strich sie ihm über die Haare und die Wange, so wie er es in jener Nacht bei ihr getan hatte. Das warme Gefühl war in ihrem Bauch zurück. Aber auch die Angst um den Freund stieg in ihren Kopf.

Hoffentlich würde es nicht so schlimm werden. Der Arzt hatte von „bleibenden Schäden" gesprochen und immer noch erschauderte sie bei dem Gedanken an die Bedeutung dieser Worte.

Julia sah auf den verbundenen Kopf des bleichen Freundes vor ihr und hoffte, dass er sich überhaupt an sie erinnern würde.

Zuerst musste er allerdings aus dem Koma erwachen und dann konnten sie weitersehen.

Am späten Nachmittag brachte eine der Schwestern Julia einen Kaffee und ein Stück Kuchen und dabei erinnerte sie sich daran, dass sie nach den Brötchen am Morgen nichts mehr gegessen hatte.

Gierig verschlang sie den Kuchen und beruhigte damit ihren knurrenden Magen, dann setzte sie sich erneut an sein Bett, dass sie nur kurz zum Essen verlassen hatte.

Alles, was der Arzt ihr vorgeschlagen hatte, tat sie nun für den Geliebten. Sie sang, las ihm vor und streichelte ihn. Nur die alten Geschichten von früher vermied sie, denn damit hatte ja das ganze Drama erst angefangen.

Sie schlief am Abend auch an seiner Seite auf dem Stuhl. Ihren Kopf hatte sie auf das Bett gelegt.

Am Morgen erschien Monika, weckte sie und löste sie ab, damit sich Julia duschen und frisch machen gehen konnte.

Nach einem letzten Kuss eilte Julia davon. Sie wollte so wenig Zeit wie möglich fern von dem geliebten Freund sein.

Von ihrer Wohnung aus rief sie eine Kollegin von der Arbeit an, erklärte ihr die Situation und bat die Frau, für sie eine Woche Urlaub einzureichen. Das versprach die Arbeitskollegin ihr auch und Julia bedankte sich.

Schnell packte sie eine Tasche, nahm ihr Lieblingsbuch mit und fuhr zur Klinik zurück.

Den Rest der Woche würde sie in dem Krankenhaus bleiben.

Bei ihrer Rückkehr hatte eine Schwester ihr ein Bett in das Zimmer gestellt, wodurch sie in der Nacht ganz nahe bei Paul sein konnte.

Das Essen konnte sie in der Cafeteria der Klinik einnehmen. Dazu würde sie die Zeit nutzen, in der Monika sie bei Paul ablösen würde.

15. Kapitel

Ein neuer Anfang

Seit einer Woche saß Julia nun schon an Pauls Bett und las ihm vor. Erzählte und sang. Sie strich ihm über die Stirn und zuckte jedes Mal zusammen, wenn eines der Geräte im Raum einen anderen Ton abgab, als die schon gewohnten.

Nur selten war sie aus dem Zimmer gegangen, sie hatte ja alles, was sie brauchte. Selbst eine Dusche gab es hier, wenn auch nicht wirklich sehr komfortabel.

Zum Essen musste sie zwar nach draußen, aber in den paar Minuten, die das immer dauerte, löste sie Monika ab. Somit war Paul eben nie alleine gewesen.

Immer wenn sie auf sein bleiches Gesicht sah, krampfte sich ihr Herz zusammen. Es war wirklich nicht schön, den Freund so unbeweglich liegen sehen zu müssen.

Viel lieber hätte sie mit ihm geredet und erzählt. Aber so machte sie das eben einfach ohne seine Rückmeldung.

Manchmal saß sie auch nur einfach neben ihm und hielt seine Hand. Kaffee und andere Getränke wurden ihr von den Schwestern oder von Monika gebracht und ihr Bett stand ja neben seinem. Somit war sie eigentlich ständig in seiner Nähe.

Zum Glück hatte sie auch für eine Woche Sachen mitgenommen und dadurch konnte sie den ganzen Urlaub bei Paul bleiben.

Natürlich drückte das kahle Krankenzimmer irgendwie auf ihr Gemüt, aber für Paul nahm sie das gern auf sich.

Mit Monika kam sie auch gut aus und es war sicher kein Zufall gewesen, das sie Julia im Freibad mit dem Ball am Kopf getroffen hatte.

Gelegentlich brachte Monika eine kleine Aufmerksamkeit für Julia mit und gemeinsam sangen sie auch für Paul, aber die meiste Zeit des Tages, und natürlich auch der Nacht, war Julia mit Paul alleine in dem Zimmer.

Ihr Buch hatte sie ihm nun schon zum fünften Mal vorgelesen und sie wusste, dass es ihm ja auch gefiel.

Die Seiten hatten schon Risse und Eselsohren, aber sie wollte sich kein neues kaufen, denn das wäre nicht dasselbe gewesen.

Nun war es also abermals Sonnabend und gerade trat Monika in das Zimmer, damit Julia sich duschen gehen konnte.

Die beiden Freundinnen umarmten sich und danach lief Julia mit frischen Sachen über dem Arm in das an den Raum angrenzende Bad des

Krankenzimmers. Dort ließ sie das warme Wasser der Dusche über ihren Körper laufen.

Wie immer in den letzten Tagen stellte sie sich dabei vor, dass es Pauls Hände waren, die warm über ihren Körper strichen.

Das schöne Gefühl strömte durch ihren Leib und da sie die Tür des Bades verriegelt hatte, konnte sie die Augen schließen und sich einfach in diese aufsteigende Lust fallen lassen.

Julia legte alle Zweifel ab und schob die Angst um Paul weit von sich. Es dauerte nur wenige Minuten des Streichelns und ein explosiver Höhepunkt überrollte sie.

Keuchend an die Rückwand der gefliesten Duschkabine gelehnt kam sie nur langsam wieder zu Atem.

Als sie kurz darauf entspannt und glücklich das Zimmer betrat, drehte sich Monika zu ihr um und zwinkerte ihr freundlich zu. Offenbar war sie im Bad nicht leise genug gewesen und der Duschstrahl hatte die Geräusche ihrer Lust nicht völlig überdecken können.

Fast bekam sie dabei rote Ohren und während Julia sich die Haare abtrocknete, war es ihr, als hätte sich Paul bewegt.

Nur unmerklich und nur einen Finger. War das nur ein Spiel des Lichtes gewesen? Julia blieb stehen und starrte auf seine Hand. Da war es wieder! Sie ließ das Handtuch fallen und stürzte mit einem Schrei an der überraschten Monika vorbei.

Nun bewegte er zwei Finger und Monika klingelte nach der Schwester, die kurz darauf mit einem Arzt in das Zimmer stürmte.

„Er wacht auf!", rief Julia und zeigte auf Pauls Hand.

Schnell wurde er untersucht und der Arzt nickte. Nun kamen weitere Ärzte und Julia schaute, das wieder aufgenommene feuchte Handtuch in der Hand, vom Fenster aus zu.

Ein paar Kabel wurden abgemacht und eines der Geräte fing mit einem Mal laut zu pfeifen an.

Erschrocken zuckten die beiden Frauen zusammen, bevor das Gerät schnell abgeschaltet wurde und das Geräusch verstummte. Auch den Kopfverband hatte sie Paul abgenommen.

Einer der Ärzte rollte Geräte hinaus und nach etwa dreißig Minuten waren alle Doktoren verschwunden.

Nur Paul, Monika und Julia befanden sich noch in dem Zimmer.

Die beiden Frauen saßen neben ihm und die Ruhe hatte etwas Gespenstiges.

In der ganzen vergangenen Woche hatte sich Julia an all die seltsamen Geräusche gewöhnt und nun tat die Stille fast ihren Ohren weh.

Es dauerte noch einmal eine kleine Ewigkeit, bevor sich Paul erneut bewegte. Er drehte seinen Kopf und öffnete seine Augen.

Da war er wieder, dieser Blick, von dem sie befürchtet hatte, ihn nie mehr zu sehen und nach dem sich ihr Herz so lange gesehnt hatte.

„Hallo Julia", sagte er mit kratziger Stimme und sie fiel ihm um den Hals.

Auch Monika freute sich und umarmte den Bruder.

„Willkommen zurück", sagte Monika zu ihm mit Tränen der Erleichterung in den Augen, während Julia ihm nur still und erleichtert um den Hals hing.

Einer der Ärzte kam zurück in das Zimmer und Julia fragte sich, wie der wohl wissen konnte, dass Paul gerade erwacht war. Sie hatten ja nicht nach ihm geklingelt und auch sonst waren ja keine Geräte mehr angeschlossen.

Aber das war sicher jahrelange Erfahrung des Arztes. Er untersuchte Paul abermals und stellte ein paar Fragen, während die beiden Frauen von ihren Hockern aus aufmerksam zusahen.

Der Arzt nickte zufrieden und verschwand.

„Kann ich was zu trinken haben?", fragte Paul.

Monika eilte aus dem Zimmer.

„Ich habe gedacht, ich habe dich für immer verloren", sagte Julia.

Er schüttelte den Kopf und antwortete: „Ich war doch nur kurz Brötchen holen!" Dabei zeigte er auf die Reste von Julias Frühstück.

Sie verschloss seine Lippen mit einem Kuss, bis Monika mit einer Flasche Wasser zurückkam.

Julia half Paul in eine sitzende Position, während Monika die Rückenlehne des Bettes hochklappte, damit ihr Bruder sich anlehnen konnte.

Paul trank ein Glas nach dem anderen, bis die Flasche fast leer war. Dann fragte er nach etwas zu Essen.

Julia holte das halbe Marmeladenbrötchen und gab es ihm, während er darüber schmunzelte. Dann klingelte sie nach einer Schwester, die kurz darauf mit dem Essen für Paul zurück in das Zimmer kam.

Er zeigte auf das Buch auf dem Nachtisch und sagte, zwischen zwei Bissen: „Daraus hast du mir sicher zehn Mal vorgelesen. Ich habe es immer wieder gehört und ich wusste, dass du bei mir bist."

Sie nickte dankbar und nahm ihm den leeren Teller ab.

„Ich habe dich so lange gesucht", begann Julia.

Paul erzählte ihr nun, dass auch er sie gesucht hatte. Nur deshalb war er in dem Einkaufszentrum gewesen. Das hatte er ihr damals an den Abend gar nicht erzählt, aber da hatte sie ja meist nur geredet und er hatte zugehört.

Den Rest des Sonnabends blieben sie zu dritt in dem Zimmer.

Erst am Abend fuhr Monika heim.

Nun konnte Julia nach der ganzen Zeit, die er ohne Bewusstsein gewesen war, wirklich mit ihm zusammen in einem Zimmer schlafen.

Schnell schob sie die Betten zusammen und schmiegte sich an ihn an.

Sie tauschten noch ein paar schöne Küsse aus, bevor er dann neben ihr einschlief.

Julia hielt seine Hand und es dauerte noch ein paar Minuten, bevor auch sie die Augen schloss.

Sie hatten sich wiedergefunden und alles würde gut werden.

16. Kapitel
Rehabilitiert

Sie war kaum in den Schlaf gekommen. Immer wieder war Julia in der Nacht erwacht, hatte zu ihm hinübergeschaut und auf sein leises Schnarchen gehört. Die Nacht war ohne das Piepen und Rasseln der Geräte viel zu leise gewesen.

In den kurzen Schlafpausen träumte Julia von Paul und immer wenn sie erwachte, sah sie sein Gesicht im Licht der kleinen Nachtlampe vor sich.

Keinen Meter von ihr entfernt schlief er, obwohl er ja mehr als zwei Wochen geschlafen hatte.

Als die Sonne in ihr Gesicht schien, erwachte sie abermals, erhob sich und ging leise unter die Dusche hinüber.

Am nächsten Morgen würde sie wieder auf Arbeit müssen, denn die eine Woche Urlaub war nun vorbei.

Das warme Gefühl in ihrem Bauch war zurück und immer wenn sie Paul ansah, wurde es stärker. Konnte es Liebe sein? Was sonst!

Das warme Wasser der Dusche tat ihr so gut. Es half ihr den Kummer abzuwaschen und Platz zu machen, für die Liebe von Paul.

Sie trocknete sich gerade ab und zog sich an, als nebenan die Tür ins Schloss fiel. Von dort hörte sie nun weitere Geräusche und lief in das Zimmer zurück.

Eine Schwester schob Julias Bett zurück an die Wand und Paul versuchte aufzustehen.

Julia eilte zu ihm und stützte ihn.

„Kann ich mich duschen gehen?", fragte Paul und die Schwester, die gerade die Betten machte, nickte ihm zu.

Julia brachte ihn ins Bad, zog ihn aus, half ihm unter die Dusche und Paul setzte sich darunter auf einem Hocker.

Zum ersten Mal sah sie ihn nun vollkommen nackt und er gefiel ihr immer besser.

Julia streifte sich ihr Kleid ab und half ihm, in Unterwäsche, sich zu waschen. Die Küsse, die er ihr dabei gab, waren einfach nur himmlisch. Am liebsten hätte sie sich nun die Sachen erneut vom Leib gerissen, um sich ihm im Bad hinzugeben.

Dieser Gedanke wurde einfach übermächtig und Julia konnte sich nicht dagegen wehren.

Offensichtlich ging es Paul ähnlich, denn bei jeder ihrer Berührungen zuckte sein noch schlaff hängendes Glied ein wenig. War das Zufall? Oder hatte die Lust sie nun beide gepackt?

Für Julia war damit der Moment gekommen, sich der Unterwäsche zu entledigen. Schnell verriegelte sie zuvor noch die Tür des Bades.

Als sie sich umdrehte, zeigte ein ziemlich beachtlicher Penis auf sie!

Ihr Blick fiel auf die Waschtasche und sie bete fast darum, dass da noch ein Kondom drin sein würde. Fieberhaft durchsuchte sie die Tasche und fand endlich in einem Seitenfach das erhoffte Präservativ. Pauls Augen strahlten, als sie es hervorzog.

Und ein wahrhaft prachtvoller Schwanz reckte sich dem Kondom verlangend entgegen. Schnell war es übergestreift und nun war es Zeit, die beiderseitige Lust zu stillen.

Während sie noch vor ihm stand, griffen Pauls Hände nach ihren Brüsten und begannen diese kraftvoll zu massieren.

Unter dem Duschstrahl stand Julia mit weit gespreizten Schenkeln über ihm. Sie war nicht nur vom Wasser, das von oben kam, feucht. Das grenzenlose Begehren hatte sie für Paul bereit gemacht und so störte es sie auch nicht, dass er ihre schon sehr empfindlich gewordenen Nippel wischen Daumen und Zeigefinger packte und diese rieb.

Stöhnend genoss Julia dieses Wechselspiel zwischen Schmerz und Lust. Abwechselnd kniff Paul in sie hinein oder saugte sich daran fest, während sein Penis immer wieder zuckend ihre pulsierende Scham streifte. Julia konnte es nun kaum noch erwarten, sich auf ihm niederzulassen.

Schließlich ließ Paul ihre Brüste los, griff zu ihren Hüften und zog sie nach unten. Vor Leidenschaft aufstöhnend warf Julia den Kopf zurück. Das warme Wasser überströmter ihre beiden vereinigen Körper und sie genoss dieses Gefühl, so vollständig mit ihm eins zu sein.

Auf dem Hocker auf seinem Schoß sitzend bewegte sie sich auf ihm und er bewegte sie mit seinen Händen.

Dieses Gefühl war einfach nur göttlich. Pauls Stöhnen wurde nun schneller und lauter. In dem Maße, wie er sie auf sich bewegte, schien es ihr so, als ob er immer tiefer in sie drang.

Julia spürte, wie ihre Scheide sich immer wieder anspannte und losließ. Sie konnte es schon lange nicht mehr steuern, nur noch genießen. Dann überrollte sie der Höhepunkt. Sie warf abermals den Kopf zurück und kam stöhnend auf ihm.

Mitten in ihrem Orgasmus riss er sie nach unten und kam ebenfalls. Julia spürte dieses Pulsieren seines Gliedes in sich. Es war tief in ihrem Schoß.

Mit zitternden Beinen stemmte sie sich nach oben, während er das Kondom festhielt, damit es nicht verrutschte. Mit schnellen Fingern entfernte sie das gut gefüllte Präservativ, warf es in den Eimer und wusch Paul anschließend sauber. Auch dabei küsste er sie immer wieder.

Die Wellen des gerade erlebten Orgasmus waren immer noch in ihrem Körper zu spüren.

Schließlich half sie ihm auch beim Abtrocknen und wieder anziehen. Bevor sie sich selbst abtrocknete und die Kleidung überzog.

Es war die pure gegenseitige Gier gewesen und nun hatten sie beide noch so viel Zeit. Jetzt, wo sie sich wiedergefunden hatten!

Auf dem Weg zurück in das Zimmer knickte Paul ein paar Mal mit dem Bein um. Hatte sie ihn zu früh gefordert? Besorgt holte Julia deshalb den Arzt, der schnell alles untersuchte.

Nach seiner Aussage war ein Nerv bei dem Unfall beschädigt worden. Der müsste nun mit viel Training und so schnell wie möglich dazu gebracht werden, dass er wieder funktionierte.

Als Monika in das Krankenhaus kam, hatte der Arzt schon einen Reha-Platz für Paul gefunden. Bereits am nächsten Tag sollte der Geliebte dort beginnen.

Diese Klinik war aber am anderen Ende des Landes. Vier Wochen würden sie nun schon wieder getrennt sein.

„Ich rufe dich jeden Abend und am Wochenende an. Deine Nummer habe ich ja", begann Paul.

„Ich habe eine neue", antwortete Julia. „Das andere Telefon hatte einen unglücklichen Zusammenstoß mit meiner Zimmerwand", beendete Julia und schrieb ihm die Nummer auf.

Abermals dachte sie an den Anruf damals. War es Monika oder eine der Schwestern gewesen? Wenn sie nur eine Minute länger am Telefon geblieben wäre, hätte sie sicher schon eine Woche eher gewusst, was mit Paul geschehen war.

Julia wurde rot bei dem Gedanken an den Zorn und die unnütze Suche.

Sie überreichte ihm den Zettel und er küsste sie erneut.

Dann zog er ein Foto aus seiner Brieftasche und drückte es ihr in die Hand. „Damit du nicht vergisst, wie ich aussehe", sagte er und ihre Lippen fanden sich nochmals.

Eine Krankenschwester kam mit einem Rollstuhl und holte Paul ab.

Noch ein paar leidenschaftliche Küsse, dann war Julia alleine in dem Zimmer und packte ihre Sachen aus dem Schrank in die große Tasche ein.

Als sie gerade gehen wollte, kam Monika zurück.

Sie sagte: „Er ist gerade abgefahren!"

Julia gab auch Monika ihre Telefonnummer, die beiden Frauen umarmten sich und verließen gemeinsam das Krankenhaus.

Auf dem Parkplatz wollte Julia zur Haltestelle der Straßenbahn gehen, doch Monika hielt sie am Arm zurück und zeigte auf ihr Auto.

„Ich kann dich doch bringen", sagte sie und Julia stimmte gern zu.

Die Tasche war schnell verladen und sie fuhren los.

Monika hatte sie mit ihrem Auto bis nach Hause gebracht und dort wurde sie von Karoline und Sabrina begrüßt, die in ihrer Abwesenheit auf die Wohnung aufgepasst hatten.

Gemeinsam wurde ein großes Essen auf den Tisch gestellt und Pauls Bild machte die Runde.

„Jetzt kann ich dich verstehen", sagte Karoline und setzte fort: „Der ist ja wirklich schnuckelig."

„He!", rief Sabrina und boxte der Freundin lachend in die Seite.

Am Abend rief Paul an. Er war gut angekommen und würde an zwei Abenden in der Woche schwimmen gehen. Da würde er dann erst später anrufen.

Daraufhin legte Julia mit ihren beiden Freundinnen fest, dass sie an diesen Abenden in das Fitnessstudio gehen würden und sie an den anderen Abenden mit Paul telefonierte, da könnten sie die beiden ja besuchen. Wie zu einem richtigen Mädelsabend.

So wurde es gemacht und die Zeit zog sich dahin.

Einen ganzen Monat würde sie von ihm körperlich getrennt sein, aber ihre Seele war immer bei ihm und jeden Abend telefonierten sie bis fast der Akku des Telefons leer war.

Manchmal bis spät in die Nacht. Gelegentlich auch sehr intim. Da war dann auch dieses tiefe Gefühl wieder in ihr. Und manchmal spürte sie dabei, wie er pulsierend tief in ihre gekommen war.

An einigen Abenden kam auch Monika zu den drei Freundinnen und sie schüttete den dreien auch ihr Herz aus.

Sie hatte Julia schon im Krankenhaus erzählt, dass sie zusammen mit Paul und ihrer Mutter den Vater zu Hause pflegte, der nicht mehr das Bett verlassen konnte.

Pauls Schwester genoss die Abende mit den drei anderen Frauen sichtlich, denn hier konnte sie einfach mal abschalten.

Julia dachte daran, wie schrecklich es in der ersten Woche für Monika gewesen sein musste. Zu Hause den Vater im Bett pflegen und im Krankenhaus den Bruder im Koma zu wissen.

Ihre Mutter hatte es nicht über ihr Herz gebracht, den Sohn dort zu besuchen und ihn so zu sehen, das wäre sicher zu viel für die Frau gewesen und Monika hatte dafür auch Verständnis gehabt.

Da sie aber nun auch Pauls Hilfe mitmachen musste, hatte sie an den Abenden oft nicht so viel Zeit, wie sie sich gern gewünscht hätte.

Mehr als ein oder zwei Stunden wollte sie die Mutter nicht alleine lassen und so waren die Besuche nur kurz.

An einem Abend, nachdem Monika gegangen war und kurz bevor Paul sie anrufen würde, fragte Julia Karoline, ob er wohl der Richtige wäre und was wohl passieren würde, wenn dann wieder plötzlich die Gefühle fort waren.

Karoline tippte an Julias Kopf und sagte: „Du denkst zu viel nach! Schalte deinen Kopf ab und höre auf dein Gefühl. Wenn Sabrina und ich nur den Kopf benutzt hätten, so wären wir jetzt beide unglücklich und alleine. Höre in dich hinein!"

Sekunden später klingelte das Telefon und Karoline gab Julia einen Kuss.

Während Julia schon im siebten Himmel schwebte und mit Paul telefonierte, verließ Karoline leise die Wohnung.

17. Kapitel
Wieder vereint

$\mathcal{N}$och eine Woche würde sie warten müssen, bevor sie Paul endlich erneut in ihre Arme schließen konnte.

Ungeduldig saß Julia wie jeden Abend mit einem Tee in der Küche und lauerte auf seinen Anruf.

Das Telefon lag auch dieses Mal direkt vor ihr, damit sie den Anruf nicht verpasste. Endlich klingelte es und Paul sagte: „Hi!"

Im selben Moment läutete es an der Wohnungstür.

Julia fluchte leise. Wer konnte das denn sein? Gerade jetzt!

„Warte mal einem Moment", sagte sie in das Telefon, legte es auf den Tisch und ging zur Tür.

Als sie die Tür öffnete, stand Paul vor ihr.

„Hallo Julia", sagte er einfach nur.

Mit einem Schrei fiel sie ihm um den Hals.

„Solltest du nicht noch eine Woche dort bleiben?", fragte sie.

Paul nickte aber bevor sie weiterfragen konnte, legte er ihr den Finger auf die Lippen.

„Alles, was ich wissen will und alles, was ich brauche, das steht hier vor mir. Du hast mir schon genug erzählt!", sagte er und verschloss ihre Lippen endgültig mit einem Kuss.

Paul schob Julia in die Wohnung und warf die Tür hinter sich ins Schloss.

Julia schlang ihre Arme um seinen Hals und genoss das herrliche Gefühl seiner Lippen auf ihrem Mund.

Alles war gut und Paul schob sie, ohne den Kuss dabei zu lösen, langsam durch den Flur rückwärts in das Schlafzimmer.

Knopf für Knopf öffnete er ihre Bluse und streifte sie ihr danach von den Schultern.

Endlich waren sie an ihrem Bett angekommen und dort zogen sie sich weiter aus.

Julia schaltete den Verstand aus und genoss die Streicheleinheiten und Zärtlichkeiten des Mannes. Die Gefühle blieben und alle Schmetterlinge des Universums waren in ihr.

Julias Beine versagten und sie fiel nach hinten um. Die Schmetterlinge fingen sie auf und ließen sie schweben.

Mit Paul hob sie in den Himmel ab und genoss seine Berührungen. Immer tiefer wurden die Gefühle zu ihm und sie gab sich diesen schönen Sinnesempfindungen und Paul hin.

War es im Krankenhaus noch pure Lust und ungestillte Geilheit, so war es nun die Liebe, die ihren Körper durchströmte.

Zärtlich umkreisten seine Fingerspitzen ihre Brust und Julia spürte, wie ihr gesamtes Blut sich pochend in ihrem Schoß sammelte.

Paul angelte ein Kondom aus ihrem Nachtschrank und streifte es sich langsam über. Ihr Blick folgte seiner Handbewegung und das Pochen in ihr wurde bei diesem Anblick nur noch verstärkt.

Nun war der Zeitpunkt endlich gekommen, den sie in den letzten Wochen so sehr ersehnt hatte. Nun konnte Paul seinen Worten am Telefon Taten folgen lassen.

Sie weiter küssend schob er sich über sie und Julia hielt den Blick in seinen Augen.

Als er sich zwischen ihre Schenkel schob bäumte sich Julia auf. Mittlerweile war sie dort so feucht, dass es ein schmatzendes Geräusch gab, als Paul ihre Vulva teilte und in sie glitt.

Langsam und mit bedacht schob er sich tiefer.

Der Himmel drehte sich um sie herum, als er sich in ihr zu bewegen begann.

Julia zog die Knie weiter nach oben, um ihn noch tiefer in sich spüren zu können und ging bei jedem Stoß mit einem Keuchen mit.

Angetrieben durch ihre Gier wurde Paul stürmischer, aber Julia war regelrecht nach ihm ausgehungert. Und Paul schien es ähnlich zu gehen. Offensichtlich hatten ihre nächtlichen Telefonate auch ihn so angeheizt, dass er sich leidenschaftlich in ihrem Leib bewegte.

Bei jeder Bewegung von ihm kam sie Paul nun mit ihrem Becken entgegen. Laut schlugen ihre nackten Körper gegeneinander. Sie stöhnten und keuchten und wenig später überrollte Julia der erste fantastische Orgasmus.

Nachdem er unmittelbar nach ihr gekommen war und das Kondom mit seinem Samen gefüllt hatte, lagen sie sich gegenseitig streichelnd nebeneinander im Bett.

Das warme Gefühl in ihrem Bauch blieb und ihr Schoß schrien nach mehr.

Den zweiten, sehr viel feuchteren, Höhepunkt bekam sie, als er sie ein weiters Mal, nun viel langsamer und zärtlicher liebte.

Auf der Seite liegend, er hinter ihr, bewegte er sich tief in ihr. Es war einfach nur wunderschön und sie spürte seinen Atem in ihrem Nacken. Seine streichelnden Finger an ihrer Brust, die sich ihm verlangen entgegendrückte.

Ihr ganzer Körper schrie einfach nach mehr. Sie hatte eine Gänsehaut und fühlte wie sich ihre Scheide um das zusammenzog, was sie die ganzen Wochen nicht hatte haben können. Dabei füllte Paul sie eigentlich vollständig aus.

Es war so schön, wie sie es sich nicht schöner hätte vorstellen können.

Und Paul wartete auch noch regelrecht, bis sie so weit war und sich fallen lassen konnte, bevor er sich in das nächste Kondom ergoss.

Während sie stöhnend und keuchend vor ihm lag, streichelte er sie zärtlich und gab ihr die Möglichkeit, nach dem Orgasmus wieder herunterzukommen.

Das hatte Kurt nie gemacht, der war danach immer sofort eingeschlafen.

Aber trotz streicheln war ihr Körper immer noch nicht mit dem zufrieden, was Paul ihr bisher gegeben hatte. Julias wollte noch mehr von ihm!

Sie drehte ihn auf den Rücken, schob sich über ihn und ihre feuchte Scham rieb dabei verlangend über seinen Bauch, während sie mit gespreizten Schenkeln über ihm kniete.

Erneut küssten sie sich leidenschaftlich, bis Julia spürte, dass Paul erneut für sie bereit war. Sofort richtete sie sich auf, schob ihre Scheide über seine wundervoll geformte Eichel und ritt auf ihm zum Abschluss stürmisch zu ihrem dritten Höhepunkt.

Auf das Kondom hatte sie in ihrer Wollust verzichtet und während sie erschöpft und keuchend auf seinen Bauch fiel, schoss er ihr tief und warm seinen Samen in den Leib. Durch dieses intensive Gefühl kam Julia schreiend ein viertes Mal zum Orgasmus.

Langsam glitt sie von seinem Bauch, rutschte zur Seite und in der gemeinsamen Umarmung schliefen sie schließlich nebeneinander ein.

Julia war einfach nur glücklich.

Nach dieser langen Nacht der Höhepunkte stand er mit der Morgensonne auf und sagte: „Ich gehe Brötchen holen, aber diesmal laufe ich an der Ampel über die Kreuzung!"

Dann zog er sich an und gab der sich im Bett räkelnden Julia einen Kuss.

Sollte sie ihn wirklich gehen lassen? Was wäre, wenn er erneut verschwand? Doch Julia musste einfach Vertrauen zu ihm haben!

Wenig später fiel die Tür ins Schloss.

Sofort erhob sich Julia aus ihrem Bett und warf sich ihren Morgenmantel über.

An der Schlafzimmertür blieb sie stehen und wartete auf Pauls Rückkehr.

Zweifelnd blickte sie zur Tür, die Sekunden dehnten sich dabei zu Stunden und sie konnte es kaum erwarten, den Geliebten wieder in ihre Arme schließ zu können.

Schließlich öffnete sich die Wohnungstür und Paul war zurück.

Alle Zweifel fielen von Julia ab und sie lief die zwei Schritte auf ihn zu.

Schnell zog sie ihn in das Schlafzimmer. Der Morgenmantel fiel zu Boden und die Brötchentüte ebenfalls. Nun dachte sie an die vielen Telefonate mit ihm. Da hatte er ihr so manche Fantasie geschildert.

Julia kniete sich vor ihn hin, zog ihm die Hose herunter und dieser wunderschöne Penis mit den deutlich hervortretenden Adern sprang ihr erwartungsfroh entgegen.

Mit ihren Blick blieb Julia in Pauls Augen, während sie ihn mit beiden Händen und dem Mund verwöhnte. Bisher hatte sie das nie gemocht, doch bei Paul war nun vieles anders.

Julia schaute tief in seine Seele, während auch er zu ihr herabsah. Paul legte seine Hände fordernd um ihren Kopf. Langsam stieß er diesen wundervoll geformten Schwanz in ihrem Mund.

Gierig lutschte und saugte Julia an ihm, während Paul sie immer weiter zu sich zog. Stück für Stück nahm Julia seinen Penis immer tiefer in den Mund, bis er in ihren Hals glitt.

Nun schoss Paul vor lauter Gier seine Augen. Immer tiefer stieß er in Julias Mund. Er benutzte regelrecht ihren Hals und schließlich sogar ihre Kehle. Vor lauter Geilheit hätte Julia nun geschrien, doch Paul hörte nicht auf und entließ

Julia nicht, sondern er fickte gnadenlos ihren Hals und Mund. Obwohl Julia würgte und sabberte, nahm sie ihn immer tiefer in sich auf,

Paul genoss es sichtlich. Seine Bewegungen wurden schneller und er stöhnte lauter. Nun war er vollkommen von ihr besessen.

Dann riss er die Augen auf und er kam. Julias Kopf in seinen Händen, die sie noch näher an sich heran zogen. Stöhnend und fast vor Lust wimmernd spritzte er ihr seinen Samen tief in ihre Kehle.

Genüsslich schluckte Julia und liebkoste anschließend sein Glied mit den Lippen. Das fühlte sich gigantisch an!

Nach Luft schnappend zog Paul sie an der Schulter zu sich herauf. Er küsste sie leidenschaftlich, obwohl sie noch seinen Samen auf den Lippen hatte. Das machte sie noch heißer.

Paul riss sich die Sachen vom Leib und trug sie auf seinen Armen die zwei Schritte bis zum Bett.

Dort streichelte er ihr Haar und küsste die Seite ihres Halses. Er schien sie damit quälen zu wollen, denn ihr Schoß brannte jetzt schon wieder vor Verlangen.

Julia wollte ihn wieder tief in sich spüren, aber konnte sie ihn nach der Reha schon so fordern?

Paul musste selbst wissen, was er sich zumuten konnte und sie wartete darauf, dass er erneut in sie eindrang.

Vermutlich brauchte er allerdings erst noch ein paar Minuten, bevor sein erschlafftes Glied erneut für sie bereit war.

Spielerisch verwöhnte er zuerst ihre Brüste. Sie küssend und sich daran festsaugend liebkoste er sie und eine Gänsehaut lief über Julias ganzen Körper.

Dann glitt er mit seinem Kopf zwischen ihre Schenkel und Julia zuckte regelrecht zusammen, als seine Zunge in ihre Vulva eintauchte. Wollte er sich für sie revanchieren?

Stöhnend bäumte sie sich auf und genoss es, wie er sie dort liebkoste. Auch das hatte sie noch nie erlebt. So viel Neues gab er ihr und sie war ebenfalls bereit, mit ihm neue Wege zu beschreiten.

Japsend warf sie sich unter seiner Zunge hin und her. Dann war er wieder für sie breit, wandte sich ihr zu und küsste sie. Nun schmeckte Julia ihre eigene Lust auf seinen Lippen.

Paul stützte sich mit beiden Händen neben ihrem Kopf auf, hob sich von ihrer Brust ab und stieß endlich zu.

Julia fiel bei diesem ersten Stoß in ihren nächsten Höhepunkt. Langsam und mit viel Gefühl rieb er sich in ihrem Schoß, während sie jammernd im Orgasmus unter ihm lag. Paul wusste wirklich, wie man eine Frau glücklich machen konnte. Und gut im Bett war er auch noch.

Er gab ihr die Zeit, die sie brauchte und sie verschränkter ihre Beine hinter seinem Hintern, um ihn in sich zu halten. Japsend und stöhnend lag sie unter ihm und wartete darauf, dass er erneut seinen Samen in ihre Scheide schoss.

Als Julia das Pulsieren tief in sich fühlte, kam sie erneut schreiend. Dieser Mann wusste, wie man so richtigen Sex haben konnte!

Wenig später lagen sie erschöpft nebeneinander in dem Bett und sie schlief glücklich in seinem Arm ein, ihren Kopf auf seiner breiten Brust.

Als es Abend wurde, machten sie es sich mit den aufgebackenen Brötchen, Wein und Käse auf dem Sofa bequem. Nackt und in eine Decke eingehüllt, kuschelten sie sich zusammen bei einem Liebesfilm im Fernsehen.

Bei jeder Bewegung rieben sich ihre Körper aneinander und das führte natürlich dazu, dass sie auch in dieser Nacht stürmisch und leidenschaftlich übereinander herfielen.

Julia konnte nicht mehr genug von ihm bekommen. Und Paul schien es wohl genauso zu gehen.

Auch den folgenden Sonntag blieben sie im Bett und erneut liebten sie sich leidenschaftlich. Julia bewunderte Paul für seine Ausdauer, denn sie konnte die Anzahl der Höhepunkte gar nicht mehr zählen, die sie seit seiner Ankunft in ihrer Wohnung nun schon bekommen hatte.

Erst am Montagmorgen mussten sie gezwungenermaßen die Finger voneinander lassen, da Julia auf Arbeit musste, aber für ein gemeinsames Duschen in der winzigen Duschkabine musste immer noch Zeit sein.

Allerdings sorgten die drangvolle Enge darin und die Erinnerung an die explosive Dusche damals im Krankenhaus dafür, dass sie sich schon wenig später unter dem warmen Duschstrahl liebten.

Fast schon zu spät verabschiedeten sie sich mit einem langen Kuss im Flur, bei dem ihre Knie abermals weich wurden, doch Julia musste nun eiligst zur Arbeit.

Für den Abend verabredeten sie sich aber erneut in ihrer Wohnung und sie konnte es gar nicht mehr erwarten.

Als Julia am Ende des Tages bei sich zu Hause ankam, warteten schon Paul und Monika vor ihrer Haustür auf sie.

Bisher hatten weder Paul noch Monika Julia zu sich nach Hause eingeladen, da dies sicher den

Vater oder die Mutter überfordert hätte, doch an diesem Abend hatten die beiden Geschwister beschlossen, dies zu Ändern und Julia einfach ihren Eltern vorzustellen.

In Monikas Auto fuhren sie zu Dritt an das andere Ende der Stadt, wo sie vor einem kleinen weißen Häuschen mit rotem Dach und einem sehr schönen Vorgarten anhielten.

Die beiden Geschwister hatten ihre Eltern schon langsam und vorsichtig auf Julia vorbereitet, trotzdem schlug allen dreien das Herz bis zum Hals.

Keiner wusste, wie die beiden alten Leute Pauls neue Freundin aufnehmen würden. Sie traten in das Haus ein und Julia fühlte sich sofort wieder in ihr eigenes Elternhaus versetzt, es roch sogar nach dem gleichen Reinigungsmittel, das Julias Mutter immer benutzt hatte.

Als sich die Haustür hinter Julia schloss, trat eine ältere Frau in den Flur und begrüßte sie herzlich. Sogar eine Umarmung gab es von der Frau, dann betraten sie, nun zu viert, das am Ende des Flures liegende Zimmer, in dem Pauls Vater auf einem Krankenbett lag.

Sofort fühlte sich Julia erneut wie im Krankenhaus. In diesem Zimmer gab es dieselben piepsenden Geräte und die gleichen Kabel und Schläuche.

Ein älterer, grauhaariger Mann saß in dem Bett und fixierte sie mit wachen Augen. Mit einer schwachen Handbewegung winkte er Julia zu sich und sie setzte sich an sein Kopfende, wie sie es die ganze Zeit im Krankenhaus auch bei Paul gemacht hatte.

Mit schwacher Stimme sagte der Mann: „Willkommen in unserer Familie."

Julia drückte seine Hand. Monika hatte ihr schon gesagt, dass der Vater nach einem Schlaganfall zur Hälfte gelähmt war, aber sein Geist war noch wach und während die anderen drei nach draußen gingen, um das Abendessen vorzubereiten, blieb Julia einfach sitzen und erzählte von ihrem Tagesablauf, so als ob es das normalste der Welt wäre und sie diesen Mann nicht erst vor ein paar Augenblicken kennengelernt hätte.

Nach einigen Minuten löste Monika sie ab und Julia ging zu den anderen in den angrenzenden Raum, wo schon der Tisch gedeckt war.

Nun unterhielt sie sich beim Essen mit Pauls Mutter und auch bei ihr hatte sie dasselbe vertraute Gefühl, wie kurz zuvor bei seinem Vater.

Alles hier weckte so viele Erinnerungen in ihr. Und über alles musste sie reden. Sie hatten so viel Spaß, wie man es in Anbetracht des zu pflegenden Mannes nebenan nur haben konnte.

Von Zeit zu Zeit wechselte Paul seine Schwester oder diese ihn bei ihrem Vater ab, wodurch dieser nicht so alleine in seinem Zimmer war.

Nach ein paar schönen Stunden verabschiedete Pauls Mutter sie mit den Worten: „Komm bald mal wieder."

Julia bekam noch eine Umarmung an der Tür, dann brachte Paul sie mit Monikas Auto nach Hause und wollte sich mit einem Kuss verabschieden, doch Julia zog ihn in ihre Wohnung hinein.

Nur leicht und sehr halbherzig war seine Gegenwehr, die sie schnell gebrochen hatte.

Küssend, kuschelnd und sich immer wieder stürmisch liebend, blieben sie dann noch bis spät in die Nacht, zeitweise wiederum nackt und in eine warme Decke gewickelt, auf dem Sofa vor dem Fernseher und redeten auch mit ein paar Gläsern Wein über den Beginn des Abends und Pauls Eltern.

Sie verständigten sich darauf, dass Julia am Wochenende bei Paul übernachten würde, die Eltern hätten sicher nichts dagegen und Julia würde sich dann abwechselnd mit den anderen dreien um Pauls Vater kümmern.

Dann würde sie ihm vorlesen und erzählen. Wenn schönes Wetter sein würde, könnte sie ihn in den kleinen Wintergarten schieben und mit ihm zusammen die Sonne genießen.

Schließlich trug Paul sie auf seinen Armen zum Bett und nach einer letzten stürmischen Bezeugung ihrer gegenseitigen Liebe und Lust aufeinander schliefen sie schließlich aneinander gekuschelt im Bett zusammen ein.

Es war einfach nur himmlisch, wenn Paul sie in seinem Arm hielt.

18. Kapitel
Romeo oder Paul?

Seit ihrem ersten Kennenlernen im Strandbad war nun schon ein halbes Jahr vergangen. Julia wohnte nicht mehr in ihrer Wohnung, sondern war vor drei Wochen bei Paul eingezogen. So konnte sie dort manchmal abends Monika ablösen und diese durfte dann auch mal ausgehen, was Pauls Schwester sehr gut gefiel.

Das einzige, was Julia daran störte, war, dass das Pauls Zimmer über dem des Vaters lag und sein altes Bett ziemlich laut knarrte. Daher liebten sie sich meist davor auf dem kuscheligen Teppich, aber das neue Bettgestell war schon bestellt und sie hatten es im Laden ausgiebig getestet. Der Gesichtsausdruck des Verkäufers war vielsagend gewesen.

Karoline und Sabrina hatten Julias alte Wohnung zusammen bezogen, dadurch konnten die beiden Freundinnen nun ihre Zweisamkeit dort ausleben und die Nachbarn neben dieser Wohnung waren auch nicht solche Tratschtanten, wie sie neben Karoline gewohnt hatten.

Monika hatte sich auch mit Karoline und Sabrina angefreundet und manchmal waren sie zu viert losgezogen und hatten nächtelang durchgetanzt. Allerdings ohne, dass Paul dabei war, was ihr manches Mal leidtat, aber einer musste eben immer bei Pauls Vater bleiben und die Mutter bei dessen Betreuung unterstützen.

Gelegentlich trafen sich die Freundinnen nun auch bei Monika, mussten dabei aber leise sein, um den kranken Vater nicht zu sehr aufzuregen.

Mitunter gingen sie dann auch von dort aus in eine nahe gelegene Disco, um dort zu tanzen. Dabei gingen sie dann mit der Zeit häufiger zu Dritt, denn Julia blieb nun öfters bei Paul und half ihm.

Der Vater war ihr auch immer mehr ans Herz gewachsen und bisweilen saß sie einfach mit ihm am Fenster und erzählte von ihrem Tag oder las ihm eine Geschichte vor.

Zuweilen träumte sie sich dann einfach mit Paul dahin, wo diese Geschichte spielte.

Immer stärker war das Gefühl in ihrem Inneren geworden und sie hatte so viel Vertrauen zu Paul gefasst, wie sie es nach dem Betrug von Kurt gar nicht mehr für möglich gehalten hatte.

Wenn sie abends zusammen in seinem Zimmer saßen, kuschelte sie sich ganz eng an ihn an. Sie war froh, dass sie in dieser Familie so herzlich aufgenommen worden war und von den Eltern so liebevoll behandelt wurde.

Nun ging es schon langsam auf Weihnachten und Julia dachte über die vergangene Zeit nach.

Auf dem Tisch vor ihr brannte eine Kerze und sie schaute in die Flamme. In ihrem innerstem fühlte es sich so an, als schmolz in diesem Feuer all ihr Kummer der vergangene Zeit hinweg.

Sie war einfach nur noch glücklich und wünschte sich, dass es für immer so bleiben sollte.

Als Paul an diesem Abend von der Arbeit kam, stand sie einfach auf und wartete, während er etwas in den Schrank räumte.

Sie sah Paul von der Seite an und warf sämtlich Bedenken ihrer Mutter über Bord.

Julia fragte ihn einfach: „Möchtest du mich heiraten?"

Mit großen Augen sah sie ihn an und wartete auf seine Antwort.

Paul sagte „Ja. Aber!"

Julia blickte ihn erschrocken an. „Wieso jetzt ein Aber?", dachte sie.

Gerade wollte sie ihn danach fragen, da setzte Paul auch schon fort: „Wenn du mir nur noch ein paar Minuten Zeit gegeben hättest, so hätte ich dich das auch gefragt!"

Dabei griff er in seine Hosentasche und zog eine kleine Schachtel heraus.

Er klappte sie auf und zeigte Julia einen wunderschönen Ring.

„Möchtest du meine Frau werden?", fragte er sie lächelnd und sie nickte.

Freudig fiel sie ihm um den Hals und er steckte ihr den Ring an den Finger.

Den wunderschönen Ring betrachtend setzte sich Julia auf die Bettkante. Sie bewunderte den Stein in dem Ring, den er ihr ausgesucht hatte.

Schlicht aber elegant, genau in der Art, wie sie ihn sich gewünscht hätte, wenn sie zusammen in dem Laden gewesen wären.

Pauls Blick fiel auf den Nachttisch und das dort liegende Buch.

„Was ist denn nun eigentlich mit deiner Suche nach deinem Prinzen? Deinem Romeo?", fragte er und zeigte auf das zerlesene Buch mit den Eselsohren und den zerknitterten Einband.

Julia wunderte sich, dass er sich noch an ihren Wunsch vom ersten Treffen erinnerte.

Sie schaute nachdenklich in das Buch hinein und blätterte in den Seiten.

„Diese Julia ist am Ende der Geschichte tot. Gestorben und zerbrochen an der Liebe, die nicht erfüllt werden konnte", sagte sie und klappte das Buch zu.

Sie legte es zur Seite und erhob sich langsam vom Bett.

„Ich brauche keinen Romeo zum Sterben, sondern einen Paul zum Leben", sagte sie und küsste ihn.

Ende

Von Uwe Goeritz im Verlag BoD (Books on Demand, Norderstedt) ebenfalls erschienene Bücher:

„Cecilia im Bann der Liebe"
ISBN lautet: 978-3-7392-4583-6
Altersempfehlung: ab 16 Jahre
112 Seiten für 6,49 Euro

„Für Immer an deiner Seite"
Die ISBN lautet: 978-3-7412-8407-6
Altersempfehlung: ab 16 Jahre
112 Seiten für 6,49 Euro

„Die Liebe ist (k)ein Ponyhof"
Die ISBN lautet: 978-3-7412-7920-1
Altersempfehlung: ab 16 Jahre
116 Seiten für 6,49 Euro

„Griechische Küsse"
Die ISBN lautet: 978-3-7448-7274-4
Altersempfehlung: ab 16 Jahre
116 Seiten für 6,49 Euro

„Liebe hinter Klostermauern"
Die ISBN lautet: 978-3-7448-8973-5
Altersempfehlung: ab 16 Jahre
120 Seiten für 6,49 Euro

„Ein Pflaster für die Seele"
Die ISBN lautet: 978-3-7460-7947-9
Altersempfehlung: ab 16 Jahre
112 Seiten für 6,49 Euro

„Das Tor zum Paradies"
Die ISBN lautet: 978-3-7528-5837-2
Altersempfehlung: ab 16 Jahre
124 Seiten für 6,49 Euro

„Ein Kater rettet das Weihnachtsfest"
Die ISBN lautet: 978-3-7481-2863-2
Altersempfehlung: ab 16 Jahre
236 Seiten für 8,49 Euro

„Aurelia - Geliebter Engel"
Die ISBN lautet: 978-3-7494-5128-9
Altersempfehlung: ab 16 Jahre
244 Seiten für 8,49 Euro

„Sieben Nächte im Paradies"
Die ISBN lautet: 978-3-7347-6647-3
Altersempfehlung: ab 16 Jahre
244 Seiten für 8,49 Euro

„Drei verrückte Weihnachtswünsche"
Die ISBN lautet: 978-3-7494-8575-8
Altersempfehlung: ab 16 Jahre
172 Seiten für 6,49 Euro

„Ein besonderes Praktikum"
Die ISBN lautet: 978-3-7528-4866-3
Altersempfehlung: ab 16 Jahre
248 Seiten für 8,49 Euro

„Aurelia – In himmlischer Mission"
Die ISBN lautet: 978-3-7519-1416-1
Altersempfehlung: ab 16 Jahre
244 Seiten für 8,49 Euro

„Groupies tragen keine Ringelsöckchen"
Die ISBN lautet: 978-3-7519-8353-2
Altersempfehlung: ab 16 Jahre
136 Seiten für 6,49 Euro

„Heiße Küsse im Advent"
Die ISBN lautet: 978-3-7526-1175-5
Altersempfehlung: ab 16 Jahre
264 Seiten für 8,49 Euro

„Aurelia - Liebe in teuflischen Tiefen"
Die ISBN lautet: 978-3-7526-4538-5
Altersempfehlung: ab 16 Jahre
260 Seiten für 8,49 Euro

Aktuelle Informationen und Neuerscheinungen finden sie immer im Internet unter:

www.Goeritz-Netz.de